花《はな》の破片《かけら》

愁堂れな
RENA SHUHDOH

イラスト
奈良千春
CHIHARU NARA

JN283676

Lovers Label

CONTENTS

✦本作品の内容は全てフィクションです。
実在の人物、団体、事件などにはいっさい関係ありません。

プロローグ

彼から呼び出しを受けたとき、ああ、いよいよときが来たのだな、と覚悟した。

覚悟はしていたが、どこかでまったくの別件だという期待もしていた。優秀な麻薬取締官《まやくとりしまりかん》である彼が、職務より私を優先するはずがない、と。

同時に私はまた別の期待もしていた。それに気づいたのは、実際彼と対面したあとのことだ。

待ち合わせの場所に向かっている最中、ふと頭に浮かぶ光景があった。満開の桜の下で迎えた大学の卒業式の日の彼の姿だ。

女子は袴姿《はかますがた》が多かったが、男は皆、地味なスーツを着ていた。私も、そして彼も例外ではなく、二人して紺のスーツに身を包み、桜の花びらが舞い散る下で卒業証書を手に佇《たたず》んでいた。

『……なあ、田崎《たさき》』

他の卒業生たちが、和気藹々《わきあいあい》と写真を撮り合っているのを眺《なが》めながら、彼が私の名を呼んだ。

『なんだ?』

ふと見た彼の前髪に、桜の花びらが乗っていた。払ってやろうと手を伸ばし花びらを摘《つま》む。

『ありがとう』

不自然なほどに指先が震えていたというのに、彼は気づくことなく私に微笑《ほほえ》みかけてきた。また舞い落ちる花びらが彼の髪に乗り、肩に乗る。次こそ震えに気づかれるかもしれない、と手を伸ばせずにいた私から、彼はまたすっと視線を逸《そ》らせると、再び口を開いた。

『卒業すれば会う機会も減るよな。お互い、忙《いそが》しくなるだろし』

『そうだな』

互いに進む道は決まっていた上、それぞれの先達の話を聞くにつれ二人とも多忙を極めるとわかっていたから、私は彼の言葉に頷《うなず》き、ちらとその顔を見た。

ひらひらと桜の花びらが舞い散り、彼の前髪にまた落ちる。桜も美しいものを好むのだろうか、と思いながらその花びらと彼の顔を見やっていたそのとき、彼がふと視線を自分へと向けてきたものだから、不意に目が合い、鼓動《こどう》が一段と跳《は》ね上がった。

『忙しいだろうが、できれば会いたい……いや、必ず会おうよ』

どきりとしてしまったせいで、目を逸らせた私の視線を捉《とら》えようとしたのか、顔を覗《のぞ》き込んできながら彼がそう告げる。私を見つめる彼の目はやたらと真剣で、声には少し照れた雰囲気《ふんいき》が滲《にじ》んでいた。

またもドキリ、と鼓動が高鳴り、変な汗が滲んでくる。

『ね、会おうよ。いいだろう？』

私が返事をしなかったからだろう。実際は『しなかった』のではなく、己《おのれ》の変化に戸惑《とまど》い『できなかった』だけなのだが、そうとは知らない彼は縋《すが》るような目で私を見つめ、断らないでくれと言わんばかりに問いかけてきた。

『ああ』

頷くのがやっとだった。何より私には、卒業後彼と『会わない』という選択肢《せんたくし》はなかった。別々の道を歩むにしても、今まで同様の付き合いが続くのだろうと思っていたというのに、彼のほうではそのつもりがなかったということか、と、半ば戸惑い、半ば傷つく思いがしていた私の前で彼が、それは安堵《あんど》したように微笑んだ。

『よかった。唯一《ゆいいつ》の友達を失わずにすんだ』

冗談めかしていたが、その言葉が彼の本心であろうことはわかっていた。彼には私以外に友人はいない。私をも失うことを彼は案じたのか、と思った途端《とたん》、なぜか胸が熱くなった。

感激した――というのとはまた違う思いだった。苛立《いらだ》ちを覚えた、というほうがまだしっくりくる。その理由は当時の私にはよくわからなかったが、それから十年以上を経《へ》た今ではなんとなく想像がつく。

私は彼との友情を『永遠』と見ていた。が、彼は顔を合わせることがなくなれば、消滅するやもしれない儚《はかな》い関係と見ていた。そのことに私は苛つき、傷ついたのだろう。

私にとって彼は唯一無二の存在だった。だが彼にとっては私は『唯一の友』ではあるが、『唯一無二』の存在ではない。彼がこの世の誰より愛情を注《そそ》ぐ相手は他にいる。それもまた苛立ちの要因の一つだった。

彼にとっての『唯一無二』は両親亡きあと彼が一人で育ててきた弟だ。兄弟がいない私には兄と弟の間にいかなる深い絆《きずな》が結ばれるものか、想像できないだけに、彼の弟への愛情の注ぎぶりには毎度驚《おどろ》きを感じていた。

いつか、彼の中での私の存在が『唯一無二』になることはあるのだろうか。おそらく弟の存在は超えられないであろうことがわかりながらも、できることなら『あって』ほしい、と願う私の目の前でまた、ひらひらと桜の花びらが舞い、彼の髪に、肩にとまる。

『これからもよろしく』

桜に彩《いろど》られた花の顔《かんばせ》を笑みに綻《ほころ》ばせながら、彼が私に右手を差し出してくる。

『当たり前だろう』

握手など、何を気取っているのやら、と苦笑しながらもその手を握り返した瞬間、私は察した。

唯一無二の存在たり得たいという己の感情の意味を。

『唯一の友』では飽きたらず、唯一無二の存在になりたいと願うその思いとは、おそらく——。

1

新宿東署刑事課長の田崎礼《たさきれい》は、いつものごとく、少しの感情も見出せない表情のまま自宅としている官舎へと向かっていた。

擦《す》れ違う通行人、特に女性が彼を振り返るのは、縁《ふち》なし眼鏡《めがね》をかけたその顔が、署内の女性から『氷《こおり》の美貌《びぼう》』と言われるほどに整っているためであるが、田崎はそれらの視線に気づいた上で敢《あ》えて無視を決め込み、真っ直ぐ前を向いたままカツカツと靴音《くつおと》を響《ひび》かせ家への道を急いでいた。

普段とまるで変化のない彼の帰宅風景ではあったが、ほんの僅《わず》かの『変化』はあった。端整な彼の眉《まゆ》が心持ち顰《ひそ》められていることである。

勤務を終え、署の外に出たところで田崎は待ち伏せしていたらしいかつての部下、竜野友紀《たつのともき》に声をかけられた。

北京《ペキン》五輪の際、田崎は幹部候補が集められる警護の研修のために同地を訪れていたのだが、そこで友紀が香港《ホンコン》マフィアの手先に撃たれそうになったところを助けた。友紀の待ち伏せは、だが、田崎に命を救われた礼ではなく、逆に彼を詰《なじ》りにやってきたのだった。

思わぬ友紀との再会に、滅多《めった》なことでは動じない田崎は今、少々動揺していた。外見からは見て取れないため、おそらく友紀にすら気づかれていないだろうが、その動揺が眉間《みけん》の縦皺《たてじわ》となって表れていたのだった。

田崎にとって友紀は、もと部下というだけでない存在であり、それが彼の動揺の原因でもあった。というのも、友紀の兄、竜野真紀《たつのまさき》が田崎の高校時代からの友人——唯一無二の親友であったためである。

竜野真紀は優秀な麻薬取締官であったが、捜査対象の罠《わな》に嵌《は》まり、自らも覚醒剤中毒《かくせいざいちゅうどく》となった挙げ句に東尋坊《とうじんぼう》から投身自殺をしたという扱《あつか》いとなっていた。

その『捜査対象』の一人が田崎の、そしてかつては友紀の上司であった新宿東署署長、近藤《こんどう》であったために、友紀は田崎が近藤に捜査の手が伸びていることを忠言、そのため真紀が罠に嵌められたのではないかと推察《すいさつ》し、田崎を責め立てた挙げ句、警察を辞め、自殺と見せかけられた上で香港マフィアに連れ去られた兄の行方《ゆくえ》を追い始めた。

友紀はどこで情報を仕入れたのか、北京五輪に兄を連れ去った香港マフィアがやってくると聞きつけ、それで北京を訪れていたらしい。結局兄を連れ戻すことはできなかったようだが、今日、彼が自分を待ち伏せていたのは、やはりどこで情報を仕入れたのか——おそらく同期の沢木《さわき》からだろうと田崎は推察した——北京で五輪選手に危害を加えようとしたマフィアを撤退させたということで表彰を受けた、それを知ったためと思われる。

実際、田崎がマフィアに向かい銃《じゅう》を放ったのは、五輪の代表選手の無事を守るためではなく、まさに彼らに撃たれようとしていた友紀を守るためだった。

友紀も当初そう思っていたようだが、表彰を知り、結局は点数稼ぎだったということかと田崎を責めるために、待ち伏せていたようである。

友紀は兄、真紀を罠に嵌めたのは、田崎が上司側に寝返ったため、という疑いを持っている。

その『疑い』を田崎は直接友紀本人からぶつけられたことがあった。

その際に『違う』という答えを返さなかったため疑いは『確信』に変わったようだ、と田崎が密《ひそ》かに溜《た》め息《いき》をついたとき、ポケットに入れていた携帯が着信に震えた。

「…………」

取り出し、ディスプレイに浮かぶ名を見て、田崎の眉間に縦皺がくっきりと刻《きざ》まれる。今度は『密かに』ではなく、露《あら》わに溜め息をつきながら、田崎は足を止め応対に出た。

「はい、田崎です」

『私だ。すぐいつもの料亭に来い』

電話は一言、それだけで切れた。ツーツーという発信音が響いている携帯電話を、またも溜め息をつきつつ田崎が切る。

彼からの――否、彼らからの呼び出しは常に直前である。その上『すぐ』と言われたらそれこそ、電話を切った直後に駆けつけなければならない、という不文律があった。

ちらと時計を見やり、七時半を回った頃か、と確認をしてから田崎はタクシーを捕まえるために大通りへと急いだ。気は百パーセント乗っていなかったが、時間に遅れることが自分のためにならないとわかりきっていたためである。

運良くすぐにやってきたタクシーに乗り込み、「赤坂」と行き先を告げると、それから彼はシートに深く身を沈め、目を閉じた。

常に『呼び出し』を受けるときには、田崎は頭と心を空っぽにすることを心がけていた。

感情より理性が勝る性格の田崎にとって、自身の感情をコントロールすることは容易《たやす》い。が、その彼をもってしてもこの『頭と心を空っぽにする』作業には、数分を要した。

今日は直前に友紀に会ってしまったこともあり、なかなか思うように気持ちの整理がつかない。まったく、自分としたことが、と田崎は心の中で舌打ちし、薄く目を開いて腕時計を見た。

道が渋滞《じゅうたい》しているせいで、到着は八時を回ることになろう。連絡を入れようかと思ったが、入れたところで結果は一緒だと考えを改め、再び田崎は目を閉じると意識を外へと飛ばすいつものコンディションを作るべく努力を始めた。

やがて車は赤坂の、誰でも名を知る著名な料亭へと到着した。玄関前では仲居頭がやきもきした様子で田崎の到着を待っており、田崎が歩み寄るのを待ちきれずに駆け寄ってきた。

「先生がた、先ほどからお待ちです」

「道が渋滞しまして」

焦《あせ》る素振《そぶ》りで、こちらへ、と案内する仲居頭に事情を説明する。

「ああ、五十日《ごとおび》ですものねえ。渋滞もしますでしょう」

彼女にとっては田崎も『客』であるため阿《おもね》るような相槌《あいづち》を打ったものの、いかにもせかせかした動作で田崎を奥の座敷へと導いていった。

「失礼いたします」

通い慣れた座敷の前の廊下に仲居が座り、中へと呼びかける。

「お連れ様、ご到着です」

そう言い、するすると襖《ふすま》を開け、どうぞ、と己は下がって田崎を中へと通すのも、彼女のいつもの仕草《しぐさ》だった。

「遅くなりまして」

田崎も廊下に正座し、中で待つ客人に深く頭を下げる。

「遅い」

「ああ、遅い」

部屋の中から響《ひび》いてきた二人の声は、非常に機嫌《きげん》が悪そうだった。仲居頭が、びくっと身体を震わせ、こわごわとした目を中へと向ける。

「失礼いたします」

今夜はまた面倒なことになりそうだ、と溜め息をつきそうになるのを堪《こら》え、田崎は一礼して中へと入ると、再び部屋で食事を楽しんでいたと思《おぼ》しき二人の男に深く頭を下げた。

「交通渋滞に巻き込まれましたもので。大変申し訳ありませんでした」

「言い訳はいい」

一人が厳しい声を上げ、もう一人が外で控《ひか》える仲居に声をかける。

「もう酒はいい。下がっていなさい」

「はい、かしこまりました」

仲居がすっと襖を閉めると、座敷に座っていた二人の男が立ち上がり、頭を下げる田崎の前に立った。

「なぜ呼ばれたか、わかっているか」

「そう、我々は非常に腹立たしく思っている」

先にそう田崎を詰り、足先で肩を強く踏んだ男の顔は、日本国民であればたいていの人間が知るものだった。

ロマンスグレーというに相応《ふさわ》しい、整った容姿に上品な雰囲気を湛《たた》えているこの男の名は副島《ふくしま》一郎《いちろう》。政界にこの人ありと言われた代議士である。

もう一人の、副島と同年代の男は警視庁警務部長の北原岬《きたはらみさき》であり、彼もまたいかにも警視庁の幹部らしい、貫禄《かんろく》のある姿をしていた。

「来い」

副島が田崎の肩に乗せていた足を退け、腕を摑《つか》んで立ち上がらせる。と、北原が先に立ち、仲居が出ていったほうとは反対方向にある襖を開いた。

そこには次の間が続いており、既に布団が二枚、ぴったりと合わせた状態で並んでいる。室内には煌々《こうこう》と明かりが灯《とも》っており、上質さをこれでもかと主張する絹布団《きぬぶとん》を照らし出していた。

「始めろ」

部屋に足を踏み入れたと同時に副島が田崎の腕を放し、一言命じる。

「はい」

田崎は副島の前に跪《ひざまず》いて彼の上着のボタンを外すと、すぐに立ち上がって背後へと回り、上着を脱がせた。続いてネクタイを解《ほど》き、シャツを、下着代わりのTシャツを脱がせる。

その後再び彼の前で跪き、スラックスと下着を脱がせた。片脚を上げる際、副島は田崎の肩に手をつき身体を支えたが、全裸にされるまでの間に彼の雄は早くも勃起《ぼっき》しかけていた。

副島を全裸にしたあと、田崎は彼の隣に立つ北原も同じように裸にし、丁寧《ていねい》に服を畳《たた》んでから自身も脱衣を始めた。全裸ではあるが、社会的地位がこれほど高い人間はおるまいという、二人の男の目が田崎が一枚一枚服を脱いでいく様を食い入るように見つめている。

間もなく田崎は全裸になると、眼鏡《めがね》も外して服の上に置き、敷かれた布団の真ん中あたりにごろり、と仰向けに横たわった。

何も言われる前から両脚を軽く開き、膝《ひざ》を立てる。と、先に副島が歩み寄り、枕元に置いてあったジェルを手に取るとそれで指を濡らそうとし、ふと思いとどまる素振りをした。

「そうだ、今日はお仕置きをするのだった」

そのままジェルを放り投げ、忌々《いまいま》しげな声を上げた副島が、田崎の顎《あご》を摑む。

「……っ」

目を開けろということか、と田崎はいつものように閉じていた目を開け、副島を見上げた。

「貴様、なぜ余計なことをした？」

副島はどうやらサディストの気があるようで、普段から暴力すれすれの行為を好む。が、今夜は本気で怒っているようだ、と田崎がその原因に関し考えを巡《めぐ》らせている中、その副島の背後から、やはり怒りに燃えた目をした北原が現れた。

「北京での件だ。王《ワン》の邪魔をしてどうする。彼とは友好的な関係を保つ必要があることはわかっていたはずだ」

「しかもお前が庇《かば》ったのはあの麻取の弟だそうじゃないか。何かと目障《めざわ》りな奴を消すチャンスだったというのに、なぜ助けた？」

副島も、北原も本気で怒っていることは、彼らの表情から田崎にも見て取れた。実は田崎も自身の行動について、彼らより叱責《しっせき》を受ける覚悟は固めていた。が、警視総監より表彰があったため、ことなきを得たものと安堵してしまっていたのだった。彼らの意に染まない表彰であるのなら、警視総監に一言副島が連絡を入れれば、取り消されるであろうと予測できたためである。

オリンピックという国民の注目が集まる場での活躍を、認めないわけにはいかなかった、ということだったのか、と、田崎は己の甘い考えを反省した。

何を言っても二人の怒りは治まらないだろうが、何も言わないと更にその怒りが煽《あお》られる危険がある。ここは嘘《うそ》でも言い訳をするべきだ、と一瞬にして考えた田崎は起き上がって正座をすると、二人の前で頭を深く下げた。

「申し訳ありません。彼らが王の手の者だという認識がありませんでした」

「知らなかっただと？　とぼけるな」

途端に肩に衝撃を受け、弾《はず》みで背後に倒れ込む。田崎を蹴ったのは副島だった。ゴルフとテニスが趣味という彼は身体の鍛《きた》え方が半端なく、六十歳近い今も体力年齢は三、四十代というのが自慢である。その彼に不意を突かれた状態で力一杯蹴られては体勢を立て直すことができず、そのまま布団の上に仰向《あおむ》けに倒れた田崎に、副島は覆《おお》い被《かぶ》さってきたかと思うと、いきなり両脚を抱え上げ恥部を露わにした。

「なぜ余計なことをした？　言うまで今日は許さんぞ」

言いながら副島が田崎の片脚を離し、その手で雄の根本をぎゅっと摑む。

「……っ」

容赦《ようしゃ》ない力に激痛が走り、息を詰めた次の瞬間、雄を離した副島の手が後ろに回り最初から二本突き立てた指が後孔へと突っ込まれる。少しも慣らさぬところへのいきなりの挿入に、またも激痛が走り、息を吞《の》んだ田崎の視界に、ぬっと北原の顔が現れた。いつしか彼は田崎の頭の側に回っていたようで、逆向きの顔が田崎を見下ろしている。

「痛い思いをしたくなかったら、早く白状することだ。なぜ、王に刃向《はむ》かうようなことをしたのかを」

そう言う北原の手には、田崎のベルトが握られていた。答えねばそのベルトを鞭《むち》代わりにして己を打つのだろうとわかっていたが、田崎に喋《しゃべ》る気はなかった。

「……っ……存じませんでした……っ」

後ろを無理矢理こじ開けられる苦痛に耐《た》えながらそう答え、首を横に振る。と、北原が怒りにカッと目を見開き、田崎の予想どおりベルトを彼の胸めがけて振り下ろしてきた。

「……っ」

痛みに悲鳴が漏《も》れそうになるのを唇《くちびる》を嚙《か》んで堪える田崎を見下ろし、副島が笑う。

「そうだ、北原、そのまま打ち続けろ。痛みを覚えると後ろの締まりが一段ときつくなって具合がいいんだ」

言いながら副島は田崎から指を引き抜くと、彼の両脚を抱え直し既に勃《た》ちきっていた雄を代わりにそこへとねじ込んできた。

「……っ」

指とは比べものにならない太さにまたも苦痛の悲鳴が口から漏れかけたが、唇を嚙んで堪える。屈辱《くつじょく》に塗《まみ》れた状態であっても相手に弱みを見せたくないというのが、田崎の中に残っている唯一のプライドの証《あかし》だった。

無理矢理の挿入《そうにゅう》に後ろが裂け、血が滴《したた》る生温かな感触を尻に得る。だがそれを不快に感じる余裕は今の田崎にはなかった。

田崎の下半身を持ち上げるようにして副島が強引に突き上げてくる。苦痛に捩《よじ》れる身体に、ビシッとベルトが振り下ろされ、裸の胸にミミズ腫《ば》れを走らせる。

「ほら……っ……やはり、いい……っ……いいよ……っ」

副島が息を乱しながら、もっと叩《たた》け、と北原に指示を出す。

「そうですか」

にたにたと笑いながら、ベルトを田崎の胸に振り下ろす彼の雄もすっかり勃ち上がっていた。

副島が達したあと、北原があの赤黒い雄を己に埋め込んでくるのだろう。二人の男に責《せ》め苛《さいな》まれながらも田崎はどこか冷めた目で彼らの姿を見つめていた。

この『冷めた目』を保つために、己の心を、そして頭を空っぽにする必要があるのだ——そうでなければ気が狂っていたに違いない、と心の中で呟《つぶや》く田崎の脳裏を、ちらと懐《なつ》かしい顔が掠《かす》める。

駄目だ、頭を空っぽにせねば、と田崎は浮かびかけた像をかき消そうと軽く頭を振ったが、その顔はますます鮮明に浮かび来ただけでなく、幻《まぼろし》の声まで耳に響いてくる。

『田崎』

笑いかけてきた顔に思わず、田崎は呼びかけそうになる。

『真紀』

その途端、男二人にいいように身体を弄《もてあそ》ばれているという今の状況が、喚《わめ》き立てたくなるほどに耐え難《がた》く感じるようになった、そんな己の気持ちを田崎は必死で抑え込むと、なんとかまたも頭を空っぽにしようとぎゅっと目を閉じたのだった。

副島が達したあとには北原が、またそのあとには副島が田崎を抱き、それでようやく田崎は二人から解放されることとなった。

ベルトでの鞭打ちを副島がことのほか気に入ったせいで、行為のあと田崎の胸には幾筋ものミミズ腫れが走り、身につけたシャツを血に染めた。

もともと副島も、そして北原もサディストの気があるため、折檻《せっかん》と称しては異物を挿入したり、縛《しば》り上げたりと無茶をすることがあったが、今夜は鞭打ちくらいですんで助かった、と二人が先に料亭を出たあと田崎は密《ひそ》かに溜め息をついた。

二人と田崎が時間をずらして帰ることとなったのは、『鞭打ちくらいですんだ』とはいえ、二人によって痛めつけられた身体が帰り支度をするのに手間取ったためだった。二人はさっさと身《み》

繕《づくろ》いを済ませると、田崎を振り返ることなく部屋を出ていってしまった。

行為のあとまた追及されるかもしれないと覚悟していたが、それもなくて助かった、と田崎は痛みを堪えながらなんとか服を身につけ終えると、よろけそうになる足下を踏みしめ、店の出入り口へと向かった。

田崎の靴はきちんと揃《そろ》えてあったが、見送りには誰も出てこなかった。これも既に慣習となっていることで、女将《おかみ》を始め仲居頭も、そして他の仲居も、田崎があの部屋で何をされていたか一目瞭然《いちもくりょうぜん》であるため、敢えて気を遣い、見送りには出てこないということのようだった。

それでいて、料亭前には田崎用に常にタクシーが呼ばれていた。今夜もタクシーは待っていて、田崎のために運転手が扉を開け、彼を後部シートへと導いた。

「渋滞してるようなので、少しかかるかもしれません」

ナビを見ながら運転手が、申し訳なさそうに田崎に詫《わ》びる。

「いや」

大丈夫だ、と頷いた田崎の頭にふと、そういや今日は五十日で、この料亭に来るまでの間も道が渋滞していたなという記憶が蘇《よみがえ》った。

それが二人の——副島と北原の折檻に火を付けたのだ、と、今まで受けてきた数々の行為が蘇り、思わず溜め息が漏れる。

田崎が二人にこうして呼び出され、身体を開かされるようになったのは、今から一年ほど前からである。田崎も、そして北原も副島も同じ東京大学法学部の出身であり、北原と田崎は年齢に差があるため在学中重なったことはなかったが、ゼミまで同じだった。

警視庁幹部である北原は田崎が警察官になってから、同窓、同ゼミのよしみで何かと声をかけてくれた。田崎も将来は警視総監間違いなしと言われる彼に可愛がられることは自分にとってもプラスと思い、素直に好意を受け止めていた。

田崎は実は、北原のことを警視庁内での評価ほど買ってはいなかった。一見豪放磊落《ごうほうらいらく》に見えるが、実は保身に走る小心者であり、上への阿り方が凄《すご》いとすぐに見抜いたためであるが、面と向かって馬鹿にするほど彼は愚《おろ》かではなかったので、それなりに距離を置き付き合っていたのである。

田崎が新宿東署の刑事課長に任命された後も、北原は時折彼を呼び出し、酒を振る舞った。北原側では田崎の優秀さに一目も二目も置き、ゆくゆくは自分の右腕にすることを考えているらしく、今の内にしっかりと餌付《えづ》けておきたいとでも思っているように田崎は感じていた。

その田崎の身に、北原を頼らざるを得なくなる事態が発生したのが、今から一年ほど前のことである。

田崎は刑事課長という役職ではあったが、警視庁幹部の覚えがめでたいことは知れ渡っていたためか、署長の近藤とも関わり合う機会が多かった。田崎から近づいたわけではなく、近藤のほうから田崎に接近してきたのである。

田崎はあまり人付き合いが好きではない上に、尊敬できない年長者との関わりを苦痛に感じていた。が、警察というどこより縦社会重視の世界にいるからには、苦痛であろうとこなさねばならぬと諦《あきら》めていた。

そういったわけで、心の中で見下しながらも田崎は近藤の下で働き、ときに夜の飲みや休日のゴルフなどに付き合っていたのだが、そうして付き合いが頻繁《ひんぱん》になるにつけ、田崎は近藤の『闇《やみ》』の部分に気づくこととなった。

金回りがやたらといいことを不審《ふしん》に思っているうちに、金の出所が見えてくる、というわけで、どうやら近藤は暴力団と裏で通じ、彼らに便宜《べんぎ》を図ってやることで利潤《りじゅん》を得ているようだと察したときに田崎は、どうしたものか、と考えた。

このまま付き合い続ければ、自分も悪事に加担していたと思われる。とはいえ、恐れながら、と上に訴え出たところで、近藤と自分、どちらを信じるかと考えたとき、自分を信じるであろうという確信が持てなかった。

このまま近藤と距離を保ちながら、この件は捨て置く、というのが一番『利口』な選択だとは田崎もわかっていたが、捨て置くことはどうしても彼にはできなかった。

その理由は、近藤が関わっていたのが、覚醒剤取引《かくせいざいとりひき》だったためである。

田崎には高校時代、二人の親友がいたのだが、そのうちの一人がヤクザの覚醒剤取引に巻き込まれ死亡していた。それがきっかけとなり田崎は警察官への道を選び、親友のうち残った一人である竜野真紀は麻薬取締官となったのだった。

覚醒剤撲滅《ぼくめつ》は、田崎の、そして真紀の願いだった。それを己の将来を考えた結果、などというエゴのために見過ごすことなどできないと田崎は心を決め、日頃何かと目をかけてくれる先輩にして、警視庁警務部長の北原に相談を持ちかけることにしたのだった。警務部長とは警察官の勤惰を担当する部署であったこともまた、相談を持ち込むのは彼しかいない、と田崎に思わしめる要因となった。

決意が固まるとすぐに田崎は、内密に話したいことがある、と北原に連絡を取った。

「わかった」

北原からはすぐに了解の返事を得、今まで何度か連れていってもらったことのある赤坂の料亭で待ち合わせた。

近藤署長が暴力団と通じているという話を田崎がすると、北原は、

「なんと」

と心底驚いた様子で絶句した。

「彼がヤクザと……確かなのか?」

「はい、証拠もあります」

当初北原は田崎の話に懐疑的であったが、田崎が近藤を尾行《びこう》し暴力団幹部と歓談している場面を収めたデジカメの写真を見せると、

「これは……」

と言葉を失い、天を仰《あお》いだ。

「あの近藤君が、暴力団と癒着《ゆちゃく》し覚醒剤取引に手を染めていたとは……」

遺憾である、と北原は深く溜め息をついたあと、改めて田崎を見やり、深々と頭を下げた。

「よく知らせてくれた。直属の上司の不祥事《ふしょうじ》を報告するのはさぞ心苦しかっただろう。心中察してあまりあるものがあるよ」

「どうか頭を上げてください」

丁重に礼を言われ、逆に恐縮《きょうしゅく》する田崎に、北原はまた頭を下げると、この件、自分に一任してくれ、と言い置き、その場はお開きとなった。

それから変化のない数日が過ぎたが、田崎はそんな日常が過ぎることをそう気にしてはいなかった。現職警官の、しかも署長の不祥事である。警視庁としては警察の威信《いしん》を守るために、マスメディアには近藤と暴力団の癒着を気づかれぬよう、内々に処分を下すであろうと予想していたためである。

おそらく次の人事あたりで近藤は更迭されるのだろう。近藤の自分に対する態度に変化のないことから田崎は、未《いま》だに近藤は何も知らない、と判断し、田崎自身も今までと変わらぬ態度で近藤に接していた。

北原に内密に報告してから一週間が経ったその日、田崎は北原から呼び出しを受けた。待ち合わせ場所はいつもの料亭であり、田崎はおそらくそこで近藤への処分が決まったその報告を受けるのだろうと推察、約束の時間ぴったりにその場へと向かった。

仲居頭の案内で、いつもの座敷とはまた違う、奥座敷へと進む。この料亭にこうも奥まった場所があったとは、と内心驚きながら田崎は長い廊下を進み、仲居頭がすっと腰を下ろした、その後ろに控えた。

「お連れ様、お見えになりました」

仲居頭が中に声をかける。

「ああ、通してくれ」

中から聞こえてきたのは北原の声ではなかった。

「？」

どういうことか、と田崎は首を傾《かし》げたが、仲居頭がどうぞ、と身体をずらし中へと彼を誘ったため、訝《いぶか》りながらも室内に足を踏み入れた。

その途端、目に飛び込んできた男の姿に、さすがに田崎も驚き、つい足が止まってしまった。

「やあ、よく来てくれた」

座敷には既に二人の男が膳《ぜん》を前に座っていたが、下座にいた北原が田崎に声をかけてくる。

「はい」

返事をする田崎に、上座の男が笑顔で頷《うなず》いてみせたが、その人物があまりにも著名であるために、田崎は驚いたのだった。

　かつて入閣したこともある副島一郎がなぜこの場に、という疑問を覚えながらも田崎は二人より下座に作られた席へと腰を下ろした。と、「失礼いたします」の声と共に襖が開き、仲居たちが数名、料理と酒を手に入ってくる。

「ここはもういい。下がっていなさい」

　彼女たちに続いて室内に入ってきた和装のコンパニオンが、それぞれの横につき、酌《しゃく》をしようとするのを止めたのは北原だった。

「かしこまりました」

「失礼いたします」

　コンパニオンも、そして仲居も一瞬はっとした顔になったが、すぐににこやかに微笑むとそれぞれに声を上げさっと下がっていった。

「さあ、田崎君」

　女性たちが皆、部屋を出たあと、副島が熱燗《あつかん》の徳利《とっくり》を手に田崎に笑顔を向けてきた。

「田崎君、副島先生だ。勿論《もちろん》わかっていると思うが」

「は」

　北原が、さあ、と田崎に酌を受けるよう勧める。田崎は一礼すると猪口《ちょこ》を手に副島の前へと進み両手で差し出して酒を受けた。

「さあ」

今度は田崎が副島に酌をしようと手を伸ばしたのを副島は笑顔で制すると、飲め、と促《うなが》してくる。

「いただきます」

杯《さかずき》を両手で戴き、一気に飲み干すと、副島は豪快《ごうかい》な笑い声を上げた。

「これは飲みっぷりがいい。気に入ったよ、北原君」

「ありがとうございます、先生」

北原もまた笑いながら、田崎に目で酌を、と命じる。が、田崎が徳利に手を伸ばそうとするとまた副島はそれを取り上げ、

「さあ、もう一杯」

と田崎に勧めてきた。

「ありがとうございます」

再び猪口を酒で満たされ、二杯、三杯と飲まされる。

「それでは先生には私が」

副島が田崎に徳利を渡さないため、北原が傍《そば》へとやってきて、副島の猪口を酒で満たした。

「ああ、ご苦労」

副島が注がれた酒を一気に飲み干したあとに、またも田崎の猪口に酒を注ぎながら、ふと思い

ついたような口調で声をかけてくる。

「時に田崎君、君は近藤署長には随分《ずいぶん》と可愛がられていたらしいが、それでも彼の不祥事をこの北原君に注進したらしいね」

「は」

副島の顔も声音もにこやかではあったが、どういう意図でその話題を振ってきたのか、と田崎は彼を前に瞬時にして考えを巡らせた。

警察の縦社会をなんと心得ているのか、この恩知らずめと責めているのか、はたまたその縦社会を無視してまでも正義を貫《つらぬ》くとは天晴《あっぱ》れと褒めているのか。どちらとも判断が付きかね、田崎はただ、

「恐れ入ります」

とだけ告げ、深く頭を下げた。

「……？」

頭を下げたと同時に酷《ひど》い目眩《めまい》に襲われ、どうしたことか、と戸惑いながら床に手をつく。

「立派な心がけだ。その上実に目端《めはし》が利《き》く。よく気がついたと、北原君とも感心していたんだよ」

「お、恐れ……」

入ります、と続けたいが、目眩はますます増し、舌が痺《しび》れて声も発せなくなってくる。

おかしい――ここで初めて田崎は、自分の身に異変が起こっていることに気づいた。遅まきな

がら覚えた危機感は、続く副島の言葉で急速に彼の胸の中に広がってゆく。

「ねえ、田崎君。もし君は近藤君に協力を求められたとしたら、どう対処したかい？　やはり注進したかね？　大金を摑まされたとしても？」

「…………」

何が問いたいのだ、と田崎は顔を上げようとしたが、既に身体の自由はまるで利かなくなっていた。

「田崎の実家は裕福ですからな。多少の金では動かないでしょう」

北原が阿るように笑う声が、遠くで聞こえる。

「だからこそ、方策を練らねば、と申し上げたのです」

「しかし、出世を考えたという見方もあるぞ。署長の不祥事を上に報告することで点を稼ごうという……」

「それはリスクが高すぎるでしょう。近藤と私は同窓です。少し考えれば通じている可能性があるとわかるはずじゃないですか」

「……っ」

北原の言葉どおり、田崎とてその可能性を慮《おもんぱか》らなかったわけではなかった。だが、暴力団と癒着し金を集めるなど、それこそ『リスク』の高い悪事に北原が手を染める可能性のほうが低いと見たのだった。

将来、警視総監を目指すのであれば、その手のリスクは回避すべきだと誰もが思うであろう。己の推察を田崎は正しいと確信していたが、それが誤りであったと今、思い知らされていた。しまった、と思ったが、既に手遅れである。おそらく北原と近藤はそれこそ『同窓』のよしみで繋《つな》がっていたのだろう。

相談を持ちかけてはならない人物を頼ってしまったというわけだ、と、田崎は己の詰めの甘さを悔いたが、呑気《のんき》に後悔などしていられない状況がこの先彼を待ち受けていた。というのも、突然襖の向こうから「失礼いたします」という聞き覚えのある声がしたかと思うと、すっとその襖が開き、話題の主が——近藤署長が姿を現したのである。

「先生、このたびは誠に申し訳ありません」

近藤は部屋に入るなり、蹲《うずくま》る田崎の横で正座し、まずは副島に深く頭を下げて詫びたあと、北原に対しても土下座をしてみせた。

「北原さんにも、なんとお詫び申し上げたらいいか……」

「本当だよ。まったく、部下に帝都会《ていとかい》との繋がりを感づかれるなど、あり得ん失態だ」

「まあまあ、それだけ田崎が優秀であったということです。どうかお怒りをお治めください」

いかにもむっとした声を出した副島を、北原が宥《なだ》める。その前で近藤が米つきバッタのように「申し訳ありません」と頭を下げ続けているさまを、ともすれば朦朧《もうろう》としてきてしまう意識の下、田崎は呆然《ぼうぜん》と見つめていた。

田崎は当初、北原が近藤を庇うために、警察にも顔の利く政治家の副島に頼ったのだとばかり思っていたが、この様子を見るに北原も、そして副島も、帝都会との覚醒剤取引に加担しているようである。

考えてみれば、近藤署長が自ら帝都会幹部と連絡を取り合っていること自体を不自然と思うべきだった。いわば近藤は末端の人間であり、首謀《しゅぼう》はこの二人だったということか、と田崎は改めて副島を、そして北原を見やった。

「優秀な部下を持った不運か」

副島がふん、と鼻で笑い、田崎を見返す。

「どうする？　金で懐柔《かいじゅう》できぬのなら、地位か？　早急に北原君の下で次長にでもさせるか？」

副島の言葉に北原は「いや」と笑顔で首を横に振った。

「それで彼の口を塞《ふさ》げるとは思えません。上司の動向を更に上に注進した男ですよ。同じことを繰り返さない保証はない」

「確かに。下手に力をつけられ、警視総監にでも注進されたらまた面倒なことになるな」

副島が納得して頷いたあと「それならどうする」と北原に問う。

「彼を懐柔するにはどうしたらいいか――色々考えた結果、これが一番効果的ではないかと思いましてね」

北原はそう言ったかと思うと、相変わらず二人に対し土下座し続けていた近藤に声をかけた。

「おい、用意を始めろ」

「は、はい」

這《は》いつくばっていた近藤が慌《あわ》てた様子で立ち上がり、部屋を入るときに入り口付近に置いたボストンバッグを手に戻ってきた。

がさごそとバッグを探り、彼が取り出したものを見て、田崎は首を傾げる。副島も疑問に思ったのか、

「なんだ？　ビデオか？」

と、ハンディタイプのビデオカメラを手にしていた近藤にではなく、北原に向かい問いかけた。

「ええ」

北原がにやりと笑い、副島に心持ち身体を寄せ、囁《ささや》く。

「どうです？　田崎は先生のお好みではありませんか？　署内の女性からは『氷の美貌』と言われているそうですよ」

「ほう、氷の美貌ね」

なるほど、と副島が相槌を打ち、改めて田崎を見下ろしてくる。その目に好色そうな光が宿ったのがわかり、田崎の背に悪寒《おかん》が走った。

「確かに、なかなか綺麗《きれい》な顔をしている」

「裸もご覧になりますか？　武道の成績も優秀ですから、締まったいい身体をしていると思われ

ます」

「そうだな」

頭の上で交わされる副島と北原の会話を、田崎は信じがたい思いで聞いていた。

「近藤、手伝え」

「はい」

北原が田崎に覆い被さり、上着を脱がそうとしながら、近藤に声をかけ、近藤が慌てて田崎の上体を起こしそれを手伝う。

何を飲まされたのか、身体は思うように動かず、声を発することもかなわなかったため、田崎はなされるがままますべて身につけていたものを脱がされ、全裸の状態で畳の上に仰向けに寝かされた。

「近藤、ビデオだ」

「はい」

北原が近藤にまた指示を出し、近藤が慌てた様子で返事をすると、ビデオを手に戻ってくる。

「何をしている。早く映せ」

「は、はい」

北原の指示に近藤は戸惑いの声を上げたものの、北原の指さす全裸の田崎にレンズを向け始めた。

「頭の先からつま先まで、舐《な》めるように撮るんだ。ああ、少し足を開かせたほうがいいな」

そう言ったかと思うと北原は、意識はかろうじてあるものの、身体を動かせずにいた田崎へと屈《かが》み込み、両腿《りょうもも》の内側を摑んで脚を広げさせ、膝を立てさせた。

「綺麗な身体だ」

副島のうっとりした声がしたと同時に、霞《かす》む田崎の視界に彼の顔が入ってくる。

「裸をビデオに撮って口を塞《ふさ》ぐ……そういうことか？」

同じく視界に入ってきた北原に副島はそう問いかけたが、北原はそれに「いえ」と笑顔で首を横に振った。

「裸に剝《む》いた程度では口は塞げないでしょう。決して人には言えないような屈辱的な目に遭わせ、その映像をビデオに残すのです」

「人には言えない……」

北原の目も、副島の目もぎらぎらと妙な輝きに満ちていた。言葉にせずとも意思の疎通《そつう》は図れたようで、二人してにやりと笑い、互いに頷き合うと、そのぎらつく目を田崎へと向けてきた。

「正常位でいきますか？　それとも後背位で？」

「私は正常位が好きでね」

言いながら副島が田崎の開かされた両脚の間に膝を立てて座ると、ジジ、とファスナーを下ろし既に勃ちかけていた雄を取りだし扱《しご》き始めた。

「……っ」

まさか——今までの会話から、それ以外の行為は考えられなかったものの、遠のく意識の中、田崎は副島が自分に何をしようとしているのかを目《ま》の当たりにし、込み上げる嫌悪感を堪えかねていた。

だが大声を上げることも、身体を動かすこともかなわぬゆえ、手淫をしている副島の息づかいが次第に荒くなってくる音を聞いていることしかできない。

すぐに副島の雄は勃起し、彼の手が田崎の両脚を抱え上げる。先端で後孔をなぞられ、ぬるりとした感触のあまりの気色《きしょく》の悪さを感じたときにも、薬によって声を、そして身体の自由を奪われた田崎は、抵抗らしい抵抗をすることもかなわなかった。

意識は朦朧としており、手足は少しも自由にならなかったが、感覚だけは正常に働いていた。おかげで田崎は副島が無理矢理己の雄を狭道にねじ込む、強引な動作が呼ぶ激痛も、彼が自分の中で果てたあとに、生温かな精液がそこから零《こぼ》れ落ちる気味の悪い感覚もいやというほど味わわされたのだった。

副島が田崎を抱いたあと、次に北原が、その次には近藤が田崎の身体を弄んだ。抱く、というよりは突っ込むのみ、というほうが正しいような行為は、田崎の身に苦痛を刻《きざ》むだけに留《とど》まり、三人一巡したあと、今度は後背位《バック》で抱きたい、と副島がのし掛かってきたときには、すでに田崎は苦痛すら感じなくなっていた。

陵辱《りょうじょく》されている間中、ビデオはその様を映し続けた。副島と北原が抱いているときには近藤が、近藤が行為に及《およ》んでいるときには北原が撮影を担当した。抱いている側の顔は撮るな、ということで、田崎の顔と接合部分、それに彼の性器ばかりをレンズは追い続けた。

ようやく副島が田崎の身体を離したあと、北原は近藤に命じ、うつ伏せの状態で高く腰を上げさせられた体勢となっている田崎の姿をビデオに収めさせた。レンズが舐めるような執拗《しつよう》さで田崎の顔から背中、そして下肢へと進んでいく。裂けた後孔から中へと注がれた精液が零れ落ちている様を副島や北原はいたく気に入り、近藤に命じて何度もレンズをそこへと向けさせた。

ビデオを撮り終わると三人はそれぞれに身繕いを手早くすませ、身動き一つ取れずにいる田崎を残して部屋を出ようとした。

「これから君には、我々に協力してもらうよ」

全裸で横たわる自分に、脱がせた上着をばさりとかけた北原が命じる声が、田崎の頭の上で響く。

「君の将来にとっても悪い話じゃない上に、懐《ふところ》も暖まる。いいことずくめだと思うがね」

あはは、と副島が高笑いし、なあ、と北原を見やる。

「君が納得しようがしまいが、こちらの手にはこのビデオがある。それでも己の正義感に従うというのなら、それなりの覚悟が必要になるよ」

北原はそう言うと、膝をついて座り、田崎の耳元に唇を寄せて囁いた。

「君は一人息子だったよね。ご両親に逆縁の不幸を味わわせたくはないだろう？」

「…………」

要は逆らえば命はない、と告げた北原がすっと立ち上がり、副島と近藤を促す。

「それでは参りましょう」

「うむ」

副島が頷き、北原と共に襖へと向かっていくと、近藤が慌てた様子で先に立ち、二人のために襖を開いた。

そうして三人は歓談しながら部屋を出ていき、中には田崎一人が残されたのだが、それから一時間以上彼は、その場で身体を動かすこともできずただ横たわっていた。

ようやく目眩が治まり、手足が動くようになったあとには、そこかしこに残る疼痛《とうつう》に苦しめられたが、なんとか田崎は服を着込み、誰も見送りに出てこない中、料亭を一人あとにしたのだった。

あの夜から、自分の運命は変わった——思わず漏れそうになる溜め息を噛《か》み殺し、田崎は薄く目を開いて車窓を流れるオレンジのライトを見る。

ビデオを盾《たて》に、副島と北原、それに近藤は田崎をあの料亭に呼び出し、身体の関係を強いてきた。

田崎の身を自由に弄ぶことで、服従を確認しようとしている三人に対し、田崎は抵抗することもできずに呼び出しに応じていた。

それはビデオを公表されることを恐れたためではない。確かにプライドの高い田崎にとって、あのような画像の流出は出来る限り避けたいとは思っていたが、そのために三人の言いなりになっていたわけではなかった。

その理由は――後ろに流れる街灯の、オレンジ色の光の中、懐かしい友の顔が田崎の脳裏に浮かぶ。

彼のためにプライドを、正義の心を捨てたのだ、と心の中で呟く田崎の頭の中では、幻のその顔が儚《はかな》げな笑みに綻《ほころ》び、彼の胸にやるせない思いを呼び起こしていた。

2

翌日、田崎はいつも以上に早い時間に、駅への道を急いでいた。

通常より早く家を出たのは、昨夜《ゆうべ》副島と北原により身体を痛めつけられたせいで、歩行がままならなかったためだった。一歩足を前に出すたび、後ろに疼痛が走る。家を出る前に痛み止めを飲んだが、まだ効かないようだと痛みを堪えながら田崎は、ともすればよろけそうになる足を踏みしめ歩き続けた。

田崎の家から駅までは徒歩七分ほどであるが、道がそう広くないために車通りはあまりなく、タクシーの空車も滅多《めった》に通らない。大通りまで出るとタクシーも捕まるが、大通りまでは五分かかるため、田崎は真っ直ぐ駅に向かう道を選んだのだった。

今日の予定をざっと頭に思い浮かべ、特に会議などなかったことにほっとする。体調がこうでは思考も働かない、と抑えた溜め息をつき、小さな公園に面した路上で一歩を踏み出したそのとき、背後で、

「キティ！」

という声がした次の瞬間、物凄い勢いで背後からやってきた『何か』が田崎に飛びかかり、も

ともと足下の覚束《おぼつか》なかった田崎はそのまま道に倒れ込んでしまった。

「ウォン！」

何が起こったのか、一瞬のことでまるで理解できずにいた田崎は、己に覆い被さってきたその『何か』が真っ黒な大型犬であることを、吠《ほ》えかけられてようやく察した。

「な……」

人懐っこいというか、田崎にのし掛かったまま、ぶんぶんとちぎれるような勢いで尻尾《しっぽ》を振り続けている犬は確か、ラブラドールという犬種であったと思い出す。普段の田崎であればすぐにも起き上がっただろうが、今朝は歩くのもままならない状態であったためになかなか起き上がれずにいた。

と、また背後から、

「キティ！」

という男の声と共に、キャンキャンという子犬の鳴き声が響いた。

「ウォン！」

途端に田崎にのし掛かっていたラブラドールが一声鳴いたかと思うと、声のした方へと駆けていく。

「………」

まさか『キティ』というのがあいつの名前なのか、と、田崎は呆《あき》れながら犬が駆け去ったほうを見るとはなしに見やった。

「キティ！」

やはり犬の名は『キティ』というらしく――なぜ『子猫』という意味の名前をあんな大きな犬に付けるのだ、と田崎は更に呆れた――名を呼んだ男へと駆け寄っていくと長身のその男にじゃれつき始める。

身長は百九十センチ近くあるのではないかと思われる、実に印象的な男だった。距離もあったしまだ早朝だというのに濃いサングラスをかけていたため、顔立ちはよくわからなかったが、『キティ』と呼びかける発音から田崎は彼が外国人ではないかと推察した。

黒い髪をしているが、通った鼻筋といい、そのスタイルのよさといい、日本人離れしているとしかいいようがない。それにしても飼い犬が人を転ばせたというのに、謝罪の一つもないとはとますます呆れてしまいながらも、田崎がようやく立ち上がったそのとき、またもラブラドールが、

「ワォン！」

と吠えかかってきた。

『キティ、よしなさい』

田崎の予想通り、男は外国人だったようで、ラブラドールを叱《しか》った言語は英語だった。それでも犬は田崎へと向かって来ようとする。また飛びかかられたらたまらない、と田崎は数歩後ずさったのだが、そんな彼にその黒髪の外国人が初めて声をかけてきた。

『すみません、もしやキティが何かご迷惑をおかけしましたか?』

「はい?」

今更何を言っているのだ、と半ば呆れ、半ば苛《いら》つきながら田崎は男に問い返したのだが、近づいてきた男がサングラスの下に包帯をしているのに気づき、ああ、そういうことか、と己の苛つきを反省した。

『申し訳ないが、目が不自由なもので……。失礼があったのならお詫びします』

『いや、問題ない』

目の不自由な人に、敢えてあなたのラブラドールに転ばされたなどと報告することはないかと思い、田崎は短くそう答えると、そのまま駅へと向かおうとした。

『ああ、君、英語が喋れるのかい?』

と、またもその盲目の外国人が話しかけてきたものだから、無視をするのも何かと田崎は足を止めた。

『ああ。それが?』

『助かった! 申し訳ないが僕を家まで連れ帰ってもらえないだろうか』

問い返した途端、安堵した様子のその外国人に思いもかけない申し出をされ、田崎は一瞬唖然《あぜん》として彼を見やってしまった。

『自分の家がわからないなど、クレイジーだと思うだろうが、キティとミミィに連れ回されるう

ちにすっかり方向感覚がなくなってしまったんだ。住所を言うから申し訳ないけど連れていってもらえないかな』

「…………」

早口の英語でまくし立ててきた犬連れの男を前に、田崎はらしくなく言葉を失っていた。その大型犬に押し倒された自分に、それほどまでに図々しいことを頼むか、と呆れはしたが、考えてみれば相手は盲人、先ほど『問題ない』と答えたがために、犬の暴挙《ぼうきょ》は彼の知り得ぬことなのである。

目の不自由な人間に対し、邪険《じゃけん》に接することは人としてどうかと思った上に、どうやらこの外国人は日本語を話せないようである。もしやこれまでにも誰かに同じことを頼み、英語がわからないからと断られてきたのかと思うと、断るのが気の毒にもなってきた。加えて警察官である田崎には『国民の公僕』たる自覚がある。

外国人は『国民』ではないかもしれないが、幸いいつもより早い時間に家を出ている上に、たとえ普段どおりに家を出たにしても田崎の出勤時間は定時よりも常に一時間以上早いのだった。盲目《もうもく》の身であれば、彼の自宅はここからそう遠いこともあるまい。一瞬のうちに田崎はそう判断すると、これも何かの縁だ、と諦め口を開いた。

『わかった。住所はどこです?』

『ああ、ありがとう!　助かるよ!』

途端に外国人はオーバーアクションなほどに喜びを体現すると、田崎に住所を告げた。その間、彼がリードを握っていた犬二匹は、不思議そうな顔をしながら盲目の主を見上げていた。

『わかるかな?』

住所を告げたあと、心持ち不安そうな表情を浮かべ、外国人が問いかけてくる。

『わかる。私の家の近所だ』

田崎の答えは嘘ではなかった。外国人の告げた番地は、田崎の家からワンブロックも離れていない場所だった。

『そうなんだ』

外国人は心の底から安堵した顔になると、改めて田崎に頭を下げてきた。

『本当に助かる。ありがとう』

『礼には及ばない。さあ、行こう』

田崎はそう言い歩きだそうとしたが、もしや腕などを引いたほうがいいのでは、と思い外国人を見た。

『申し訳ないが、君にミミィを頼めるかな』

盲目ゆえ、田崎の視線に気づいたわけもないだろうが、外国人はそう言うと、リードの一つを——それは子犬を繋いだものだったが——田崎に手渡そうとした。

『小さいけど暴れん坊でね。彼にあちこち引っ張り回されたおかげで、わけがわからなくなったんだ』

『わかった。預かろう』

　リードが田崎の手に渡った途端、子犬がキャンキャンとそれは嬉《うれ》しげに鳴き、駆け出そうとした。

「おっと」

　それが向かいたい方角とは反対方向だったため、田崎は慌ててリードを引いて子犬の暴走を止めた。

『行こう』

　子犬は不満そうではあったが、田崎が歩き始めるとまた、キャンキャンと嬉しげに鳴き、彼にまとわりつくようにして歩き始めた。できれば前を歩いてほしいのだが、と、それまで動物を飼ったことなどない田崎は、慣れぬ手つきでリードを捌《さば》きながら、ちらと男を振り返る。男はラブラドールに引かれるようにし、田崎のあとをついてきていた。盲導犬《もうどうけん》として使っているようだが、それにしては犬にそれ用の装備をしていない。大丈夫なのだろうか、とつい男に注目しているうちにまた子犬がキャンキャンと吠え、逆方向へと行こうとした。

『大丈夫かい？』

　逆に男に心配されてどうする、と田崎は男の問いに『大丈夫だ』と答えたが、実際子犬は田崎にじゃれついてきたり、かと思うととんでもない方向に駆け出そうとしたりと、あまり『大丈夫』

とはいえない状況が続いた。

　仕方がない、と犬を抱え上げようとするが、子犬は暴れて言うことをきかない。その上気配から察したらしい男から『申し訳ないが抱き上げるとその子の散歩にならない』と注意を受けては、無理矢理抱くこともできなくなった。

　普段の田崎であれば、子犬の散歩などなんなくこなせたであろうが、今は歩くのもままならない状態であったため、暴れる子犬を引きずりなんとか男の告げた住所までたどり着いたときには疲れ果て、思わず大きな溜め息をついてしまった。

『本当に申し訳なかった』

　着いた、と男に言うと、男は心底申し訳なさそうな顔で頭を下げたあと、よければ少し休んでいってほしい、と田崎を中に誘った。

『いや、時間がないので』

　実際、予想以上に時間を取ってしまったため、すぐにも駅に向かわねば間に合わない時間であった田崎はそのまま立ち去ろうとしたのだが、そのとき家の門が開いたかと思うと、

『ああ、ジェイクさん、よかったわ。なかなか帰ってこないものだから、心配して探しに行こうと思ってたんですよ』

　と驚いた声を上げながら、一人の日本人の老婆《ろうば》が姿を現したものだから、何事かと田崎は立ち去りかけた足を止めつい振り返ってしまった。

『コハルさん、ただいま。ちょうどよかった。彼をお茶に招待したいんだ。支度を頼めるかな』

男が——どうやらジェイクという名らしい、と田崎は先ほどの老婆の呼びかけからそう察した——老婆に声をかけ、田崎を示してみせる。

『あ、いや、私はこれで』

お茶など飲んでいる暇《ひま》はない、と田崎は老婆とジェイクに会釈《えしゃく》し、またきびすを返そうとしたのだが、なんと老婆が駆け寄ってきて彼を止めた。

「ちょっとお待ちくださいまし。お召し物が汚れてしまっていますよ。どこかでお転びにでもなられましたか」

「……ええ……」

老婆は田崎には、日本語でそう声をかけたあと、彼のスーツの背を手で払う仕草をした。

「あら、やっぱり手じゃ落ちませんねえ」

『コハルさん、どうしたの？』

ジェイクが老婆に尋ね、老婆が英語で田崎の服が汚れていることを説明する。

『ブラシをかければきれいになると思うんですけど』

『そういうことなら君、やはり家にあがってはもらえないかな。なに、時間はとらせない。君が転んだ責任は僕にあるんじゃないか？　ああ、僕というより、彼らだが』

ジェイクはそう言うと、キャンキャンと彼にじゃれつく子犬と横でおとなしく控えている成犬に見えない目を向けた。

『いや、本当に結構だ』

服が汚れているというのなら、ワンブロック先の自宅へといったん引き返し、着替えてから出ればよい、と尚も田崎は固持《こじ》したが、そのとき、リードが緩《ゆる》んででもいたのか、子犬がキャンキャンと吠えながら田崎に飛びかかってきて汚れた足先をすりつけ、彼のスラックスの膝下にまた、新たな泥をつけた。

『こら、ミミィ！』

慌てた様子でジェイクがリードを引き、子犬を田崎から引きはがそうとする。

『あらあら、また汚れてしまいましたよ』

老婆はどうやら犬が苦手らしく、既に門の中へと逃げ帰っていたが、田崎の姿をジェイクに英語で報告した。

『申し訳ない、どうか入ってくれ』

『あ、いや……』

田崎は尚も固持しようとしたが、立ち去ろうとするとまた子犬が吠えかかってくる。

『さあさあ』

それで足止めされている間に、ジェイクによりほぼ強引に門の中へと導かれてしまい、田崎は仕方なく彼の申し出を受けることになったのだった。

ごくごく近所ではあったが、田崎はこの家を認識していなかった。門構えは狭いが敷地はかなり広い一戸建てで、庭には小さな温室まである。ぱっと見、国内というよりは海外の住居と田崎に思わしめたのは、庭一面に咲き誇る薔薇《ばら》の花と、その奥に見える白亜《はくあ》のこぢんまりした家屋の佇《たたず》まいだった。

温室の隣が犬舎になっているらしくかなり広めのスペースに高い柵《さく》が設けてある。小春《こはる》という老婆がその柵の、扉になっている部分をあけたあと、大急ぎで家屋のほうへと駆け去っていったのを、見るとはなしに田崎は目で追った。

『彼女は犬が苦手なんだ』

ジェイクがそう言いながら、犬たちを犬舎へと入れ扉を閉める。成犬は柵の中でおとなしくしていたが、子犬のほうはキャンキャンと騒ぎ、柵に飛びかかってきた。

『コハルさんが帰ったら、家に入れてあげるよ』

言葉など通じないだろうに、ジェイクが犬たちに喋りかけたあと、手探りで何かを探す素振りをする。柵の近くに立てかけてあった杖《つえ》か、と田崎は気づき、歩み寄ってそれを手渡してやった。

『ありがとう《Thank you》』

『どういたしまして《My pleasure》』

にっこりと笑顔で礼を言うジェイクに田崎が反射的に答える。ふと顔を上げた田崎は、ジェイクの端正《たんせい》な顔が思った以上に近いところにあることになんとなくはっとし、一歩下がろうとした。

『危ない』

ちょうどさがったところで小石を踏んでしまい、足下がよろけたことを気配で察したのか、ジェイクが手を伸ばし田崎の腕を掴んで身体を支える。

『ありがとう』

『どういたしまして』

礼を言う側、言われる側が入れ替わったと思いながら田崎は、先ほど以上に近いところにあるジェイクの顔を見上げた。

通った鼻梁《びりょう》、薄い唇は、日本人のそれというより欧米人に近い。陽の光に濃いサングラスが少し透けて見えたが、瞳はその下に巻かれた包帯に阻まれ——サングラスはおそらく包帯隠しの意味もあるのではと田崎は思った——表情も、色も窺《うかが》い見ることはできなかった。

しかし見えていないのに、反射神経がいい、と改めて田崎はジェイクの姿を頭からつま先までざっと見下ろす。長いコートの下の服装は、ざっくりとしたセーターにジーンズ、というものだったが、背格好やその姿勢からかなり身体を鍛えているのではないかと見て取れた。

一体彼は何者なのか、という今更の疑問が田崎に生じる。だが、次の瞬間には田崎はその疑問をあっさり流していた。

単なる通りすがりの外国人が何者であろうと自分には関係ないと思ったためである。

『さあ、どうぞ。コハルさんの淹《い》れたお茶はおいしい。イングリッシュティーもジャパニーズテイーも絶品だよ』

ジェイクが田崎の腕を摑んだまま、もう片方の手で杖をつき、家屋へと向かっていく。まったく、なんでこんなことになってしまったのだと田崎は思わぬ展開に天を仰ぎながらも、導かれるままに足を進め、白亜の洋館に足を踏み入れたのだった。

家に入るとすぐに田崎は小春から、上着とスラックスを脱ぐようにと男物のガウンを差し出された。

「いや、本当に結構ですので」

「いえいえ、すぐに終わりますから」

ここでも田崎は固持したが、昭和一桁生まれと思しき老女に押し切られ、彼女に言われるがまま上着とスラックスを渡し、どうやらジェイクのものと思しきガウンを羽織《はお》った。

田崎も身長は百八十センチ近くあるのだが、ジェイクは田崎よりも十センチ以上背が高く、体格も一回りよかったため、ガウンはぶかぶかで袖《そで》も指先が隠れるほどだった。袖口をまくり上げつつ、田崎は小春の案内で、ジェイクが待つというリビングへと向かった。

『どうぞ』

リビングはサンルームのような作りとなっていた。白い木枠のはまった窓の外には、薔薇に溢《あふ》れる庭の景色が一望できる。

やはり海外の家屋のようだ、と、座っていた窓辺の椅子《いす》から立ち上がり、その前の椅子を勧めてきたジェイクを見て田崎はそんな感想を抱きつつ、提示された席へと座った。

『まだ自己紹介もしていなかった。僕はジェイク。ジェイク・西条《さいじょう》・ゲイン。祖父は日本人だが米国国籍で、今は米国空軍に籍《せき》を置いている』

『空軍？』

　あまりにさらりと言われたために、田崎はつい聞き返してしまった。なぜ米国の軍人がここに、という疑問からだったのだが、ジェイクはまたもさらりと田崎の疑問に答えてくれた。

『ああ、中東で被弾《ひだん》して目を痛めてね。米国の医師では手に負えないということで日本で手術を受けた。失明の危機は脱した……はずだよ』

『そうだったのか……』

　もともと盲人というわけではなかったから、どことなく動作がぎこちないのか、と納得した田崎を更に納得させることを、ジェイクが告げる。

『目が見えないのでは何かと不自由だろうと、日本在住の友人が盲導犬としてあのキティとミミィの二匹を貸してくれたんだ。キティは盲導犬としての訓練を受けているんだが、未だに意思の疎通が図れてない。ミミィに至っては言わずもがなだ』

　はは、とジェイクが笑ったところに、『失礼いたします』と小春が声をかけ、紅茶とクッキーを載せた盆を手に部屋へと入ってきた。

「どうぞお構いなく……」

それより上着とスラックスを早く返してほしい、と言いたい気持ちを堪え、田崎が頭を下げる。

「いえいえ、なんのお構いもできませんが……」

予想通りといおうか、田崎の希望は小春にはまるで通じず、ほほ、と上品に笑いながら紅茶とクッキーをサーブしたあと、

「どうぞごゆっくり」

と頭を下げ、部屋を出ていった。

ゆっくりしてなどいられないのだが、と腕時計を見やろうとした田崎の耳に、ジェイクの声が響く。

『よかったら君の名前も教えてもらえないかな』

顔も端正なら声も端正だ、と田崎は声の主、ジェイクを見やる。自己紹介をされておいて、自分が名乗らないというのも何かと思ったため田崎は、差し障りのない範囲での自己紹介を告げた。

『田崎礼。公務員だ』

警察官も公務員の一種であるので嘘をついたわけではない。が、自己紹介が短すぎたためか、ティーカップを手にしたジェイクは田崎に質問を始めた。

『この近所に住んでいるんだっけね』

『そうだ』

『どこ？』

問われて田崎は自分のマンションの住所を告げたのだが、ジェイクは、

『なんだ、本当に近いな！』

と驚いてみせたあと、紅茶を啜《すす》った。田崎もまた彼に倣《なら》い紅茶を啜ったが、先ほどジェイクが『絶品』と言ったとおり、小春の淹れた紅茶は非常に美味だった。

『美味《うま》い』

『だろう？』

思わず呟いた田崎に、ジェイクが嬉しげな声を上げる。

『コハルさんは料理も絶品なんだ。レイ、君は独身かい？』

『え？』

いきなりファーストネームで呼ばれたことに戸惑いを覚え、次に質問がプライベートに及んでいることにも驚く。が、こういうときだけジェイクは今までの察しの良さを発揮《はっき》せず、笑顔のまま言葉を続けた。

『僕は独身だよ。今は恋人もいない。レイ、君は？　共に朝食を摂《と》る相手はいるのかな？』

『…………いないが』

プライバシーだ、と問いを撥《は》ね付けることもできたが、角を立てることもないかと思い直し、正直なところを田崎が答える。

二十代半ばから彼には上司や親戚、そして親元から降るように縁談の話が持ち込まれていたが、

まだ結婚する気はない、と田崎はそれらすべてを写真も見ずに断っていた。

三十を過ぎた頃にまた、見合いの話がこれでもかというほど舞い込んできたが、そのときにも田崎はすべて断り通した。それでも、と無理強いしてくる親戚はいたが、両親は田崎が見合いで結婚をする気がないのだと察したようで、それ以降縁談話を持ち込んでくることはなくなった。

結婚しないことに関して田崎は、特に理由を持っていなかった。結婚したいという希望がない、というだけのことなのだが、そう言うと皆は——縁談を持ち込む相手はおしなべて田崎の人生の先輩ばかりであった——『焦ることはないが、そろそろ身を固めたほうがいい』『家庭を持ってこそ一人前だ』などと、わかったようなことを言い、田崎を辟易《へきえき》とさせた。

今回も正直に妻帯していないと答えたことで、ジェイクから理由を聞かれるかもしれない、と答えたあとで田崎は身構えた。どうせ二度と会わない相手だ、妻帯していると嘘をつけばよかった、と軽く田崎は後悔していたのだが、ジェイクのリアクションは彼の予想を超えていた。

『いないのなら、ちょうどいい。実は君に頼みたいことがあるんだ。どうだろう、明日から数日でいいんだが、早朝にキティとミミィの散歩をお願いできないだろうか』

『は？』

いきなり何を言い出したのだ、と田崎が彼らしくない驚きの声を上げる。

『ああ、驚くのも無理はない。事情を説明するよ』

今度は察しよくジェイクは田崎の驚きに気づいたようで、少々慌てながら彼言うところの『事情』を説明し始めた。

『実はキティとミミィを貸してくれた友人が、彼らの世話や散歩などの面倒を見てくれていたのだけれど、一昨日《おととい》から十日間の海外出張に行くことになってね、自分の代わりにペットシッターを頼んではくれたんだが、そのペットシッターが今、季節外れのインフルエンザにかかって寝込んでしまったんだ。コハルさんは高齢の上犬が苦手だし、僕も日本に来たばかりで頼れる友人も他にいない。それで初対面の君にこうも図々しい申し出をしている、というわけだ』

『…………はあ……』

まさに『はあ』としか言い様のない展開だった。人からも、そして己でも『冷静沈着』であると認めている田崎ではあったが、今はただ唖然としながら、ジェイクがまくし立てる言葉を口を挟むこともできず聞いていた。

『なに、朝、ほんの二、三十分で構わない。そのあとコハルさんの朝食をご馳走《ちそう》しよう。ああ、勿論それだけを報酬《ほうしゅう》にするつもりはないよ。いくらでも君の望む金額を……』

『申し訳ないが金銭的な問題ではなく、時間的にできかねるかと……』

あまりにも話が具体化してきたことに、ようやく田崎は我に返り、慌ててジェイクの言葉を遮《さえぎ》った。

『二十分、いや、十分でもいい。無理は勿論承知さ。ただ英語のできるペットシッターを探すのは、国内に知人のいない僕には至難《しなん》の業《わざ》なんだ。頼むよ、レイ。このとおりだ』

しかしジェイクは更に田崎の言葉を遮ると、いきなり両手をテーブルにつき、深く頭を下げて寄越した。

『ちょっと待ってくれ』

『頼む！』

『だから時間的に……』

『頼む、お願いだ！　ペットシッターが回復するまでの間でいいから！』

『しかし』

『二、三日でいい。頼む。君以外に頼れる人間はいないんだ‼』

あとは田崎が何を言ってもジェイクは聞く耳持たずに『頼む』の一点張りで、これではとても会話にならない、と田崎は諦め天を仰いだ。

どうするか——田崎の起床時間は早いため、二、三十分を犬の散歩に割《さ》くことは可能である。依頼主とは今日初対面であり、引き受ける義理は少しもないが、目が不自由である上、英語しか解さない状況であるのに、日本での知人は今、海外出張中であるという。

藁《わら》にも縋《すが》る思いで彼は、英語を話せ、しかも近所に住むという自分に頼んできているのだろう。それを邪険に断ることはさすがにできないか、と田崎は頭を下げたままの状態をキープしているジェイクを見やり、溜め息をついた。

米国軍人という身分に対して興味があるといえばある。それにペットシッターもインフルエンザで寝込んだといっても、一週間もすれば復帰するだろう。既に三日が過ぎているようだし、ほんの数日のことなら引き受けてもいいだろう——自分でも驚くべき選択だと思いはしたものの、他に提示する代替策が何も思いつかない以上、自分が引き受けたほうが早い、というのはある意味自分らしいか、と考えを改めつつ、田崎は了解の意をジェイクに伝えることにした。

『わかった。ペットシッターが復帰するまでの間、犬の散歩を引き受けよう』

『本当かい⁉』

途端にジェイクががばっと顔を上げ、それは嬉しげに微笑んだかと思うと、両手を田崎へと伸ばしてくる。

『ありがとう！　駄目モトだと思っていたのに、君はなんて親切なんだ！』

感激した声を上げながら、ジェイクが田崎の手を握り締める。

『…………』

あれが『駄目モト』の頼み方か、と呆れはしたものの、一度引き受けてしまった以上、その言葉を撤回《てっかい》することは田崎にはできなかった。

『本当にありがとう！　助かった‼』

こうも喜んでいるものを、今更やめたと言うこともできないかと田崎は己の判断の甘さを悔い、目の前ではしゃぎまくる米国軍人を前に、彼に気取《けど》られぬよう密《ひそ》かに溜め息をついたのだった。

3

翌日から田崎は、まさに『袖すり合うも多生の縁』としかいいようのない状況下で頼まれた、ラブラドール犬親子を散歩させることになった。

朝、六時半にジェイクの家を訪問、三十分散歩をさせたあと、彼の家で朝食をとり、新宿東署へ向かうというタイムスケジュールに無理は一つもなかったが、それでも田崎は、なんで自分が、という思いを抱かずにはいられないでいた。

散歩を強引に引き受けさせられた翌日の午前六時半、田崎がジェイクの家の呼び鈴を鳴らすと、既に準備を済ませたジェイクがすぐにドアを開き、笑顔で出迎えた。

『よく来てくれたね』

『約束しただろう』

だから来たのだ、と、田崎にしてみれば至極当然のことを言っただけであったのに、ジェイクは酷く感動した素振りを見せ田崎を戸惑わせた。

『君はやはり僕の思ったとおり、誠実な人だ。君と出会えた幸運を神に感謝しなくては！』

『あ、いや……』

なんともオーバーな、と田崎は呆れると同時に、ジェイクは自分が来ないのではないかと疑っていたことを察し、少なからずむっとした。

それを感じたのだろう、ジェイクはあからさまに慌てた様子になると、

『いや、そういう意味じゃない』

とフォローに走った。

『自分がどれだけ非常識な申し出をしたかという自覚があったからだ。無視されてしかるべきだと思っていたというのに、君は時間通り来てくれた。それが嬉しくて仕方がないんだ』

『…………』

確かにジェイクの言うとおり、彼の『犬の散歩をお願いしたい』という申し出は非常識極まりないものだ、と田崎もまたそう思ったため、彼の怒りは治まった。

『それではお願いするよ』

盲目のジェイクには田崎の表情など見えないだろうに、雰囲気でわかるのか、そう声をかけたかと思うと、杖をつきながら真っ直ぐに犬舎へと進み、鍵《かぎ》を開けた。

「キャンキャンキャン」

途端に扉から飛び出した子犬の『ミミィ』が田崎に飛びつき、じゃれ始める。ミミィにリードを嵌《は》めるだけでも一苦労、と思いつつ渡されたそれを嵌めている間に、ジェイクもまたミミィの親犬であるキティにリードを嵌め終えたようだった。

『さあ、行こう』

ワンワン、キャンキャンと騒ぐミミィとは反対に、さすが親犬のキティは盲導犬の訓練を受けているだけのことはあり、ミミィがじゃれついてきてもはしゃぐことなくしっかりと脚を進めていく。そのあとを田崎が、三百六十度、あらゆる方向へと飛びだそうとする子犬を引きずるようにして続き、二人と二匹の『散歩』が始まった。

ジェイクの家から——田崎のマンションからでもあるが——少し歩くと川辺に出る。川沿いには小さな公園もあり、そのあたりを散歩コースにするつもりだ、とジェイクは田崎に告げた。

『コハルさんが教えてくれたコースだ。彼女自身は決して近づきたくない道だと言っていた』

餌を上げるのも苦痛らしい、と苦笑しながら、あたかも見えているかのような足取りで道を進んでいくジェイクの横に田崎が並ぶ。

『川への道はわかるかな?』

『ああ、わかる』

問われて答えたあと、二人の間で会話は途絶えた。敢えて口をつぐんだというよりは、田崎が暴走しそうになる子犬を真っ直ぐ歩かせるのに必死だったためだが、川沿いを歩き、公園に出る頃には、ようやく子犬も田崎に慣れたのか言うことをきくようになった。

『少し休もうか』

気配でそこが公園だとわかったのか、ジェイクがそう言い、田崎に微笑みかけてきた。

『ああ』

目が見えない状態で外を歩くのは、なかなかに疲れることなのだろうと察した田崎は頷くと、ジェイクをベンチへと導いた。

『ありがとう』

腰を下ろしたジェイクから、田崎はリードを受け取ると、二匹を連れ公園内を歩こうとした。

『離しても大丈夫だと思うよ』

が、ジェイクにそう言われ、本当に大丈夫かと思いながらも田崎は飼い主がそう言うのなら、と二匹の首輪からリードを外した。

途端に、キャンキャンとミミィは飛び跳ねたが、キティが「ウォン」と吠えるとちゃんと脚を止め、二匹は共に無人の公園を駆け回り始めた。大丈夫そうだな、と二匹を目で追っていた田崎の耳に、ジェイクの声が響く。

『君も座ってくれ』

『ああ』

自分ばかり腰掛けているのは悪いとでも思ったのか、そう誘ってくるジェイクの言葉に田崎は従い、彼の横に腰を下ろした。

『何か飲むか？』

座ってから田崎は、自身が喉《のど》の渇きを覚えたこともあり、ジェイクに問いかけた。

『そうだな……』

ジェイクが答えあぐねているのを見た田崎は、彼もまた喉が渇いているのだろうと察し、何も言わずに立ち上がると、公園の入り口に設置してあった自動販売機へと向かった。

ミネラルウォーターのペットボトルを二本購入し、ベンチに戻る。

『どうぞ』

『ああ、ありがとう』

キャップを開け、それを手渡すと、ジェイクは笑顔で受け取り礼を言ったあとに、ごくごくとその水を飲み干した。

『疲れたか？』

『まあね』

あまりの飲みっぷりのよさに、つい問いかけた田崎にジェイクが苦笑して答え、肩を竦《すく》める。

『視力を失ってから、滅多に外に出なくなっていたからね。だが、やはり外を歩くのはいい。季節を肌で感じることができる』

『……術後の経過は？』

嬉しげに告げるジェイクに、聞いていいものかと思いつつも田崎が問いかける。

『良好……と信じたいね』

またもジェイクが苦笑し、肩を竦めた。

『……悪い』

あまりに考えなしの問いだったか、と反省し謝罪した田崎の肩を、ジェイクがポンと叩く。

『君が謝る必要はないさ』

微笑みそう言ったあと、ジェイクは未だに田崎の肩に残していた手にぎゅっと力を込めた。

『君はなかなかいい身体をしている。鍛えているのかな？』

『ああ、まあ……』

柔道剣道共に有段者である田崎は確かに、日頃身体を鍛えてはいた。だが、問うてきたジェイクが自分よりもはるかに見事な体格をしていることにコンプレックスを抱いた彼は、この程度で『鍛えている』というのも恥ずかしい、と言葉を濁《にご》した。

『筋肉の付き方が綺麗だね』

世辞なのかはたまた本心なのか、判断つきかねることを言い、ジェイクはまた、ぎゅっと田崎の肩を握る。

『……そういえば、中東で怪我を負ったそうだが……』

リアクションに困る言葉をかけられ、答えようがなかったため、逆に田崎はジェイクに問いかけた。途端にジェイクの顔がさっと曇《くも》る。

『……そろそろ行こうか』

思い出したくない悲惨《ひさん》な体験だったということか、はたまた機密上話せないということか、ど

ちらにしろこの話題は避けてほしいということだろうと察したことと、時間的に田崎もまたそろそろ戻りたいと思ってもいたので、

『わかった』

と返事をすると、ブランコの周りをぐるぐると回っていた二匹の犬へと近づいていった。

「ウォン」

田崎の姿を認めると、まず親犬が彼へと近づいてきて一声鳴き、子犬の注目を引いた。

「クゥン」

子犬がおとなしく親犬の傍に寄り添い、田崎がリードを付ける間もじっとしていた。慣れてきたということか、と一瞬思ったが、田崎が親犬にリードをつけている間に、キャンキャンと鳴きながら駆け去ろうとする。慌ててリードを引き、それを制すると、親犬が「クゥン」と項垂《うなだ》れた。

「…………」

まさか子の不始末を謝っているのか、と、思わず田崎はまじまじと親犬を見つめてしまった。が、またも子犬が暴走しようとしたので我に返り、リードを引いてそれを制する。

「ワン！」

と、親犬がここで大きく吠えた。途端に子犬がおとなしくなったのを見て、やはり先ほどの『クゥン』は謝罪だったのかも、と、田崎は感心しながら親犬にリードをつけ、二匹を連れてベンチ

にいるジェイクの許へと戻った。

『またミミィが暴れたのかい？　お疲れだったね』

『いや、大丈夫だ』

ベンチから立ち上がり、ジェイクが申し訳なさそうな顔で謝ってきたのに、気にするな、と田崎は答えると、二人はそれぞれにリードを引きながら帰路につき始めた。

帰り道、子犬はさすがに疲れたのか、それとも先ほどの親犬からの叱責が聞いているおかげか、往路のようにあっちこっちへ行こうとはせず、たかたかとおとなしく家への道を向かっていく。

おかげでジェイクと田崎の間には、会話を交わす余裕が生まれた。

『戻ったら是非、朝食を食べていってほしい。コハルさんの作る食事は最高だよ』

ジェイクが笑顔で田崎を誘ったが、既に二、三十分という予定の時間を大幅にオーバーしていたため、田崎は彼の申し出を断った。

『悪いがもう時間がない』

『まだ七時半くらいだろう？　コハルさんは、公務員の勤務時間は九時五時だと言っていたが、君は違うのかい？』

『ああ』

『なんだ、残念だ。コハルさんも張り切っていたんだが』

きっと彼女も残念がる、と、ジェイクが心底がっかりした顔になる。

『君はいくつなんだ？』

外国人の年齢はわかりづらいが、田崎はそれまでジェイクを自分と同年代か、年下にしても一、二歳だろうと思っていた。だが、今の拗《す》ねたような表情を見ると思ったより年下なのかもしれない、と田崎は彼の年齢を聞き、返ってきた答えにらしくなく言葉を失った。

『二十五歳だ』

『……そうか……』

八つも下か、と驚くと同時にふと田崎の脳裏に、かつての部下の——友紀の顔が浮かぶ。確か彼も二十五ではなかったか、と意味ないことと思いながらも二人の外見を比較していた田崎に、今度はジェイクが同じ問いをかけてきた。

『ところでレイはいくつなんだい？』

『…………』

即答しかけて田崎は、自分の年齢はジェイクを酷く驚かせるかなと躊躇《ためら》った。が、なぜここで躊躇う、と自身の心理に疑問を覚えた彼は、すぐに実年齢を告げた。

『三十三だ』

『その年齢なら管理職だろう？　管理職なら時間の自由が利くはずだ。頼むから朝食を食べていってもらえないかな』

『…………』

ジェイクのリアクションは、田崎の想像とはまるで違っていた。自分よりかなり年上であることに対し、驚きを露わにするでもなく、また、敬意を表することもない。

気安い彼の態度から、てっきりジェイクは自分を同年代だと思っているに違いないと思っていたが、驚かないところを見ると、声から年齢を推定していたと思われる。

年長者と知ってフランクな態度を取っていたのか、と納得したと同時に、年齢を聞いた目的がなんとしてでもあの老女の作った朝食を食べていってほしい、ということにあったと知らされ、田崎は脱力し、その脱力ぶりに自分でも笑えてきてしまった。

『三十分程度なら、時間を取れる』

確かに、せっかく彼女が自分の分も作ってくれているというのなら、食べないのは失礼にあたるか、と思い直し、田崎がそう答えると、ジェイクはそれは嬉しげな顔になった。

『そうか！　ありがとう！　コハルさんも喜ぶよ』

何より僕が嬉しい、と弾《はず》んだ声を上げるジェイクの笑顔は、二十代半ば以下、十代の若者にも通じる可愛《かわい》らしさがあった。顔立ちそのものは『可愛い』というよりは『男らしい』『端正』という表現が相応しいのだが、子供のような無邪気《むじゃき》さが笑顔に表れるのである。その笑顔を微笑ましく眺めている自分に気づき、またも戸惑いを覚えつつも田崎は、『それなら早く帰ろう』と急に足を速めたジェイクと共に帰路を急ぎ、その日の散歩を終えたのだった。

犬舎に犬を繋いだあと、小春が用意してくれた朝食を田崎はジェイクと共に摂《と》った。パン食かと思っていたが、食卓に並んでいたのは純和風の朝食で、味はジェイクが胸を張るのがわかると田崎が納得するほどに美味だった。

ジェイクは綺麗な箸捌《はしさば》きを見せたが、それはここ数日で小春より伝授されたものであるということだった。

目が見えない彼のために小春が横についていたが、最初にここに茶碗《ちゃわん》、ここにお椀、そして皿、と位置を教えられるとジェイクは実に器用に箸を動かし、目が見える田崎と同じようなスピードで食事を続けた。

『ね？　コハルさんの料理の腕はたいしたものだろう？』

さも自分の手柄のようにジェイクは小春の料理の腕を自慢し、胸を張る。

『ああ、本当に美味しい』

田崎の言葉は本心からのものであったが、小春は世辞と思ったらしく、しきりに日本語で恐縮してみせた。

「お恥ずかしい限りです。お口に合うとよいのですが」

「いや、本当に美味しいですよ。久々に美味しい朝食を食べました」

世辞ではないのだ、と田崎が主張すると小春はそれは嬉しそうな顔になり、

「ありがとうございます」

と改めて頭を下げて寄越した。

『何を話しているんだい？』

日本語の会話が続いたことに疎外感《そがいかん》を得たのか、ジェイクが口を尖《とが》らせながら話に参入してくる。

『田崎さんが私の料理を褒めてくれたんですよ』

流暢《りゅうちょう》な英語で説明する小春に、彼女の年齢で英語を自由自在に操《あやつ》るのは珍《めずら》しいのでは、という思いから田崎が問いを発する。

『小春さんはどこで英語を学ばれたんですか？』

『コハルさんのご主人がアメリカ人なんだ。退役軍人でいらしてね』

田崎の問いに答えたのは、小春本人ではなくジェイクだった。

『へえ』

軍人繋がりでジェイクの家の家政婦を務めることになったのだろうか、と考えつつ頷いた田崎に小春が『そうなんです』と笑顔で頷く。

『若い頃、米軍基地で働いていて、それで主人と出会ったんですよ』

そこから小春と夫の馴れ初《なそ》め話が始まり、時間はあっという間に経っていった。

『申し訳ない。そろそろ失礼します』

田崎がふと気づき、腕時計を見ると、三十分どころか一時間も時間が経過していた。遅刻にはならないが、始業時間ぎりぎりになる、と慌てて立ち上がった田崎を、ジェイクも、そして小春も笑顔で見送ってくれた。

『それじゃあまた明日』

『お待ちしていますね』

二人に送られ、ジェイクの家を辞した田崎は駅まで駆けざるを得なくなったのだが、彼の表情は明るかった。

なんの因果《いんが》か、今までしたことのない犬の散歩をさせられた挙げ句、頼んでもいない朝食を摂ることになったというのに、それらの出来事をマイナスよりはプラスと感じている、と田崎は自己分析し、一体どういうわけか、と自身の感情に首を傾げた。

だいたい、犬の散歩を引き受けること自体、自分らしくない、と更に首を傾げた田崎の脳裏に、屈託《くったく》のないジェイクの笑顔が蘇る。

慣れぬ異国、しかも目が不自由、という理由から散歩を引き受けたはずであるのに、ふと気づくとその、『気の毒』感がまるで消えてしまっている。

自分で自分の心理が理解できないなど、未だかつて体験したことのない状況であるゆえ、殊更《ことさら》に戸惑いを覚えていたものの、一旦《いったん》引き受けた以上は、と田崎は自分が明日もまたジェイクの家を訪れることになるだろうという確信を抱いていた。

結局、始業ぎりぎりの出署となった田崎だが、出署早々、彼を待ち受けていたのは北原から電話があったというメモだった。

「着き次第、すぐ連絡がほしいそうです」

田崎にその伝言を伝えたのは、沢木という若い部下だった。自分に反発を覚えていることがありありとわかるが、それは何も沢木に限られたことではない、と田崎は綺麗に流し、早速北原に連絡を入れた。

『今夜七時、いつもの場所で』

北原はたった一言、それだけを告げると田崎の都合を聞くことなく電話を切った。

「…………」

ツーツーという発信音を聞く田崎の胸に、もうなるようになれ、という自棄《やけ》っぱちとしかいえない思いが去来する。

呼び出しすなわち、彼らに抱かれるのは、既に彼にとって日常の行為となっていた。嫌悪を感じる時期はとうの昔に過ぎている。

それでもなぜか今朝《けさ》は、忘れていたはずの嫌悪の情が蘇ってきてしまう、と密かに溜め息をつき、電話を切った瞬間、机上の電話が鳴り出し、彼の意識を導いた。

「はい」

『山崎《やまざき》だ。すぐ部屋に来るように』

電話をかけてきたのは、近藤の後釜《あとがま》として新宿東署の署長となった山崎正《やまざきただし》だった。凡庸《ぼんよう》を画《え》に描いたような男であるのは、いかにもな『中継ぎ』人事の結果であるともっぱらの評判となっていた。

それを本人も感じるのだろう、赴任して暫《しばら》く経った最近では、何かと周囲に目を配るようになってきた。

特に田崎に対しては、殊更目を光らせている節がある。おそらく田崎が警視庁警務部長の北原に目をかけられているという噂《うわさ》を耳にしたためらしかった。

どうも刑事課内にスパイを飼っているらしく、田崎の行動を逐一《ちくいち》監視しているようである。今回の呼び出しもおそらく、北原からの電話について聞かれるのだろうな、という田崎の読みは当たっているに違いなかった。

同窓生として気にかけてもらっているだけだ——以前山崎に問い詰められたとき、田崎はそう答えていた。今回も同じ答えを返すのみだ、と溜め息混じりに立ち上がり、署長室へと向かう。

山崎の着任に際し、北原の口から発せられたコメントは、

『小物過ぎるな』

の一言のみだった。度胸があるわけでも肝《きも》が据《す》わっているわけでもない、日和見《ひよりみ》な山崎を北原は最初から相手にしていない。そのことがありありとわかる言葉を聞いた田崎は、山崎の任期も

もって一年だろうと推察したものだった。

一年後にはまた、北原の息のかかった署長がやってくるのだろう。覚醒剤取引の実態がメディアに流れ、近藤と副島の第一秘書、緒方《おがた》が逮捕されて以降、副島も、そして北原も当面はおとなしくしていようということで意見が一致したようだった。

その間に田崎は、めぼしい暴力団と渡りを付けるようにという指示を受けていた。北原も、そして副島も、覚醒剤取引にて利潤を得るという、いわゆる『甘い汁』を吸い慣れているため、世間の関心が失せればすぐにでもまた、新ルートを発掘しようと躍起《やっき》になっているのである。

田崎としては、覚醒剤の販路など探したくはなかった。できることなら彼らが行おうとしている大規模な覚醒剤取引を摘発する側に回りたい。それがかなわなければ、身を挺《てい》して阻止したいと考えていた。

そのため、田崎は副島や北原に対し、抜けた近藤の代わりは自分がやると、自ら手を挙げたのだった。

高校時代の親友が覚醒剤中毒で死亡してから、覚醒剤撲滅は田崎にとって、そして同じく親友を失った竜野真紀にとっての生涯《しょうがい》の使命となった。

相手が、第一秘書を逮捕されても我が身には傷一つ負わないというほどの力を持った副島と、警視庁の幹部である北原となると、余程上手く立ち回らない限り自分が消されるだけで終わってしまう。

そのために田崎は二人の懐に深く入り込み機会を窺っているのだが、それを山崎ごときに妨害させるわけにはいかなかった。

どこに対しても隙を見せることができない状況、その上肉体的、精神的に苦痛を強いられている日常に、田崎は疲れを感じつつあった。が、それしきのことで『疲れた』と感じることは田崎のプライドが許さなかったため、常に彼は自分の疲労から――ことに精神的な疲労から目を逸らせていた。そんな彼であっても、夜の呼び出しの憂鬱さに加え、現上司を丸め込まねばならないこの状況は、さすがに鬱陶《うっとう》しい、と思わず溜め息を漏らしてしまった。

署長室へと到着し、ドアをノックする。

「入りなさい」

居丈高《いたけだか》な山崎の声が中から響くのに、またも、やれやれ、と溜め息をつきそうになった、その息が外へと漏れぬよう田崎はきゅっと唇を引き結ぶと、

「失礼します」

と声をかけ、ドアを開いた。

「やっと来たか」

山崎は田崎が入っていっても、自分のデスクから立ち上がろうとしなかった。前の近藤署長は、田崎を呼び出した場合、話が短くても長くても、デスク前の応接セットへと彼を導き、そこで二人座した状態で話をしたものだが、山崎はどんな長い話であっても田崎を座らせようとしなかっ

た。

自分は座し、相手を立たせたままでいるというのは、上下関係を思い知らせようとしているのだろうが、なんとも子供じみたことだ、と田崎は内心肩を竦めつつ、山崎の前へと進んだ。

「どうした、顔色が悪いようだが」

体調を気遣うような言葉を口にしているのに、今日も山崎は田崎に椅子を勧めはしなかった。

「いえ、大丈夫です」

短く答え、用件は、と山崎を見返す。

「君、最近北原部長と会っているかい？」

予想どおり、山崎の用件はそれか、と田崎はまたも内心肩を竦め、用意していた答えを口にした。

「先ほどお電話がありました。同窓の仲間を集って飲もうというお誘いでした」

田崎の答えを聞き、山崎がうっと言葉に詰まる。おそらく山崎は田崎がとぼけると見越し、今朝電話があっただろう、と切り込もうとしたに違いなかった。

そのくらい、考えるまでもなく読めていたために田崎は逆を突き、最初に電話の件を持ってきたのだが成功したらしい、とまたもやれやれ、と心の中で溜め息をつく。

が、続く山崎のリアクションは、田崎の想像を超えていた。

「そう言いながら君、北原部長に私の陰口でも進言するつもりじゃないのかい？」

「…………」

余程山崎は悔しかったのか、いきなりストレートな当てこすりを口にした。ここまで馬鹿だったとは、と田崎は呆れ果てたものの、それを表情に出すことなく、にこやかに微笑んでみせた。

「私は冗談だと勿論わかりますが、若い者の中には署長の機知を解さない頭の硬い人間もいるやもしれません。そういったご発言は控えられたほうがよろしいかと」

「勿論冗談だ。冗談に決まってるじゃないか」

本気にとらず、すべて冗談で流そうとした田崎の言葉に、山崎は渋々乗ってきた。それこそ北原に『進言』されるのを避けたのだろうとわかるだけに、本当に小物である、と田崎はますます呆れながらも笑顔を浮かべていた。

「北原さんによろしく言ってくれ」

それだけ言うと山崎は田崎に、もう下がってよし、と告げた。

「失礼いたします」

ここで自分が『ところでご用件はなんだったのでしょう』と呼び出しの理由を問うた場合、この小物はなんと答えるのだろう、とちらと考えたものの、それを実行するほど愚かではない田崎は挨拶のみして頭を下げると、そのまま署長室をあとにした。

バタン、と背中で扉を閉め、まったく、と溜め息をつき空を睨《にら》んだ田崎の脳裏にふと、ジェイクの顔が浮かぶ。

もしや彼の依頼を聞き入れ、犬の散歩を引き受けたのは、自分の職業もどこの誰であるかも、そして顔すらも知らない相手との語らいの時間を持ちたかったからかもしれない。

「……馬鹿か……」

ふとそんな考えが頭に過《よ》ぎったと同時に、田崎の唇からは溜め息混じりにそんな言葉が漏れていた。

ただ盲目の彼を気の毒に思っただけだ。ペットシッターが回復さえすればそこで早朝の散歩も終わる。ほんの数日の間、人助けをしようと思ったに過ぎない。

それを何が『語らいの時間を持ちたかった』だ、と自嘲《じちょう》しながらも、その自嘲があたかも自分への言い訳のように思えてきて、まったくどうしたことか、と田崎は軽く頭を振ると、刑事課長としての職務につくべく刑事課へと急ぎ戻ったのだった。

4

午後六時五十分、北原の指定した十分前に田崎はいつもの料亭へと到着した。

「こちらでございます」

仲居頭の案内で、奥座敷へと向かう。呼び出されて来たものの、思い当たる用件がない、と田崎は一人首を傾げた。

前回の呼び出しは叱責であったが、それから二日後にまた呼び出される理由がわからない。もしや、帝都会に代わる暴力団の選出を、あれこれ理由をつけて先延ばしにしていることに北原か副島が痺れを切らしたのだろうか。

いよいよ彼らが本格的に覚醒剤取引を再開させようとしているのなら、阻止の方法を考えねば、と思ったあたりで奥座敷へと到着した。

「お連れさまがお見えになりました」

いつものように仲居頭が中に声をかけ、すっと横にずれる。

「失礼します」

田崎は廊下に座り、一声かけてから襖を開くと、中で既に随分とできあがっている様子の二人に向かい深く頭を下げた。

「田崎君、待ちかねたぞ」

「早く入ってくれ」

約束の時間まで十分あるというのに、あたかも田崎が年長者を待たせたかのような口ぶりで二人が部屋に招く。

「大変申し訳ありません」

ここは謝罪、と田崎は更に深く頭を下げたあと、素早い動作で室内へと入り、二人の前でまた頭を下げた。

「お待たせいたしました」

「君の謝罪には少しも心がこもっていない」

土下座さながら、頭を下げる田崎に対し、北原がいかにも不機嫌な声をかけてくる。こうも早い時間ではあるが、随分と酔っているようだと察した田崎は、更に深く頭を下げ、彼をやり過ごそうとした。

「大変申し訳ありませんでした」

「口先だけの謝罪はいい」

「まあまあ、北原君。田崎君の礼儀作法より、まずは話を進めようじゃないか」

尚も執拗《しつよう》に田崎を苛《いじ》めようとしているのを制したのは、副島だった。

「いや、先生に失礼があってはならないと……」

北原が慌てて言い訳を始めたのも副島は「いいから」と制すると、田崎に顔を上げさせ話を始めた。

「話というのは他でもない。早乙女文人《さおとめふみひと》――『あの』政財界の首領《ドン》と呼ばれた早乙女春人《さおとめはるひと》の息子だ。近藤逮捕を仕組んだ張本人だ、ということは改めて言うまでもないが」

「はい」

予想もしていなかった方向から切り出され、田崎は戸惑いながらもすぐに返事を返す。

「北京でも王の邪魔をしたのは彼だったという話があるが、事実なのか？」

「それは判断つきかねます」

実際、王が計画していた五輪賭博《ごりんとばく》の開催を阻止したのは早乙女と彼の同行者たちではあるが、田崎はその件に関する報告を二人に上げていなかった。

しかし自分が上げずとも、この二人にはそれらの事実を知らしめるツールがいくらでもあったようだ、と田崎は心の中で肩を竦めつつも、これから副島の話は一体どのような展開を見せるのかと、彼が口を開くのを待った。

「早乙女を動かしているのは、竜野真紀の弟、友紀だ。近藤がべらべら喋ったせいで、竜野が自殺などしておらず王の許にいることが知れてしまった。奴は兄を王の手から助け出すつもりだろう。それで北京に乗り込み、王と接触を試みた。そうだな？」

「申し訳ありません。私にはわかりかねます」

実際田崎も、今副島が述べたこととまったく同じ推論を組み立てていたが、確証がないため首を横に振り頭を下げた。

「わからない？　竜野友紀は君のもと部下だろう？」

横から北原が不機嫌そうな声で言葉を挟んでくる。

「退職後はまったく連絡を取っていませんので」

「だいたい、なぜ退職などさせたんだ。君と彼は上司と部下という関係以上の付き合いがあったはずだ。しっかりと彼を抑え込んでおけば、近藤が逮捕されるようなことにはならなかった。わかってるんだろうな？」

北原は相当酔っているらしく、田崎を怒鳴りつけると、手にしていた猪口を彼に投げつけてきた。

「……っ」

まだ酒が入っていたそれが田崎の額に当たる。パシャ、と酒が先に顔にかかり、続いてゴン、という衝撃を受けたが、額が割れるまでには至らなかったらしい、と田崎は額を指先で押さえ確認した。

身体の傷は人に見られることはない。が、顔に傷がつけば、山崎を始め沢木などの部下たちも理由を詮索《せんさく》するだろう。

山崎には今夜自分が北原と一緒にいることが知られているというのに、と内心溜め息をつきつつも田崎はまた、

「大変申し訳ありません」

と北原に向かい深く頭を下げた。

「まあ、今更それを言っても仕方がないだろう」

と、副島が北原を抑《おさ》えにかかる。いつもであれば二人して自分を罵倒した挙げ句に、屈辱的な行為になだれ込む、という流れになるのに、珍しいな、と思いつつも田崎はずっと頭を下げ続けていた。

「仕方がないですむ問題じゃあないですよ。あの早乙女春人の息子が相手じゃ、我々も手は出せません。その前になぜ手を打てなかったかと……っ」

「だから、済んでしまったことを今更言ってもなんの解決にもならんだろう」

副島の迫力ある一声に、北原の酔いも冷めたのか、はっとした様子で口を閉ざす。

「た、大変失礼しました」

おそらく顔色を変え、平身低頭しているであろう北原の声を、田崎はずっと頭を下げたままの姿勢で聞きながら、仲間割れとは珍しい、と密かに驚いていた。

田崎の知る限り、この二人の間で言い争いが起こったことは一度もない。北原がこれでもかというほど気を遣っているからであろうとは思われたが、副島もそんな北原を可愛く思っているよ

うで、このように田崎の前で北原に対し声を荒らげることなどなかったのである。

「いや、謝罪は不要だ。顔を上げなさい」

仲間割れにでもなれば、田崎の目的である、彼らの行おうとしている覚醒剤取引を潰《つぶ》す、何かしらのきっかけになるのでは、という淡い期待は、すぐに潰《つい》えた。副島の不機嫌は長続きせず、早くも笑顔になると北原にフォローの言葉をかけたのである。

「本当に失礼いたしました。どうにも腹に据《す》えかねまして……」

それでも北原は平身低頭して詫びていたが、声には安堵が滲《にじ》んでいた。

「それより田崎君に今夜呼び出した用件を伝えようじゃないか。我々も忙しい身だ。早く用を済ませてあとはお楽しみといこう」

北原の安堵は、副島が更に機嫌良く言葉を続けたことで、ますます深まることになったようだった。

「先生の仰《おっしゃ》るとおりです。なんでしたらどうぞ、次の間でお待ちくださっても……」

「はは、そこまで気が急いているわけじゃない」

阿っていることがありありとわかる北原に、副島が高く笑って答える。先ほど副島が口にした『お楽しみ』は、『次の間』に敷かれた布団の上で自分を犯すことだとわかっているだけに、上機嫌な彼らのやりとりを田崎は苦々しい思いで聞いていた。と、北原は田崎に向き直り、一気に『用件』をまくし立ててきた。

「田崎、早急に竜野友紀を早乙女文人から引き離し、お前の監視下に置け。これ以上早乙女に深入りされたくない。わかったな」

「……はい……」

田崎の返事が一瞬遅れる。理由はそれを実現する見込みがないと自分でもわかっていたためだった。田崎のその考えはすぐに北原に伝わったらしく、むっとした声で彼が言葉を続ける。

「できない、などとは言わせない。やるんだ。わかったな」

「君と竜野真紀は高校時代からの友人同士だったそうじゃないか。その弟とも付き合いは長いんだろう？　上手く丸め込んでくれ。頼むよ」

きつい語調で言い捨てる北原の横から、副島が猫撫《ねこな》で声を出す。

「早乙女春人が絡んでくるとなると、何かとやっかいだからね」

「はい」

わかりました、と返事をしたものの、不可能だ、と田崎は心の中で呟《つぶや》いていた。

「さあ、用事は済んだ」

副島が弾《はず》んだ声を上げながら立ち上がる気配がする。

「田崎」

北原に呼ばれ田崎は顔を上げると、赤い顔をした二人より先に次の間の襖を開け中へと入った。いつものようにぴったりと二枚敷き詰められた布団の横で、二人を待つ。

「しかし、あの麻取が田崎の友人だったとは、偶然にもほどがあると驚きましたな」

「まったくな。おかげで捜査情報を得ることができて助かった」

遅れて部屋に入ってきた北原と副島が談笑している。田崎はまず副島の背後に回って上着を脱がせ、続いて彼の前へと移動し、ネクタイを外し始めた。

「それにしても、やはりあの麻取は消すべきだった」

田崎に服を脱がされながらも、副島は北原に話しかけ続けていた。

「確かに。王が何を言おうが、口を塞ぐべきでした」

迎合する北原に、副島が下品な笑みを浮かべる。

「綺麗な顔をしていたからな。王の気持ちはわからないでもない。奴に渡す前に味見の一つもしておけばよかったな」

「それが悔やまれますな」

あはは、と北原が笑い、副島もまた笑う。

「王もすぐ飽きるかと思っていたが、今でも手元に置いているあたり、相当気に入ったということなんだろう」

「抱き心地がいいんでしょうか。ますますもって惜しかったですな」

ここで二人がまた、下品な笑い声を上げる。田崎はあたかも二人の会話が耳に入っていないような顔で淡々と副島の服を脱がせ続けていたが、実際はらわたが煮《に》えくり返る思いを抱いていた。

そもそも田崎がこうして二人の言いなりになり、与えられる屈辱に耐えているその理由は、真紀を守りたいがためだった。

犯された自分の姿をビデオに撮られた際、屈辱的ではあったものの、これで自分の口を塞げると考えているとは、副島も北原も、そして近藤も考えが甘い、と田崎は内心三人を馬鹿にさえしていたのである。

だが、副島が情報網を駆使し、自分たちの行っている覚醒剤取引に目を付けている麻薬取締官を割り出した、その麻取が真紀だと告げられたとき、田崎は彼らの懐に飛び込む決意を固めたのだった。

副島は真紀と田崎が高校時代からの友人であることがわかると、その偶然を驚きながらも田崎に対し、真紀を見張れ、と命じた。

『帝都会と我々の繋がりに気づいているかを探り出せ』

気づかれていれば消さねば、という言葉が北原の口から出た瞬間、田崎は彼らの脅迫に屈してみせながら、逆に彼らから情報を仕入れ、真紀の命を守ろうと心を決めたのだった。

高校時代、真紀と田崎は親友といってもいいほど仲が良かったが、もう一人、田中《たなか》というクラスメイトとも同じく親しくしていた。

だが田中の姉がヤクザと付き合うようになり、覚醒剤中毒にさせられるに至り、田中は単身その組に乗り込んでいき、そこで覚醒剤を打たれ死亡した。

打つ量を間違えた、という組員は逮捕されたが、だからといって親友を失ったショックが癒えるわけもなく、真紀は東大薬学部に進んだあとに麻薬取締官となり、田崎は法学部に進学したあと、キャリアとして警視庁に入った。

常日頃から田崎は真紀の、覚醒剤を憎む姿を目の当たりにしており、それゆえ彼がいかに情熱をかけて覚醒剤撲滅のため、己の仕事に取り組んでいるかがわかっていた。

あの熱意をもってすれば、すぐに帝都会と香港マフィアを抱き込んだ覚醒剤取引のバックに、副島や北原がいることは知れるだろう。

彼が副島や北原に辿《たど》り着くより前に、覚醒剤取引自体を壊滅させたい。そのため田崎は副島らの呼び出しに応じ、彼らの行為を受けることに甘んじていた。

だが、真紀の捜査は田崎の予想以上に順調に進み、早くも彼は取引の全貌《ぜんぼう》に辿り着いてしまった。しかもそれを田崎は、真紀本人の口から聞かされた。

いきなり真紀から呼び出しの電話を受けた際、田崎は彼の用件が副島らの麻薬取引であると直感した。が、麻薬取締官の仕事にそれこそ命をかけているといっても過言ではない真紀が、たとえ友人とはいえ捜査情報を流すとは考えがたい、と思い直す。

しかし真紀の用件は、麻薬取引に関することだった。田崎の上司である新宿東署長の近藤が取引に絡んでいることを知った真紀は、田崎がそのことを知っているのか——田崎もまた取引に関与しているのではないかと案じ、知らせてきたようだった。

『今調査中の案件に、Mr.Kondohが関与している』

呼び出された喫茶店《きっさてん》でそのメモを見せられたとき、田崎の全身は緊張に震えた。やはりこの件だったか、という思いと、まさか彼が捜査情報を漏らすとは、という思いが頭の中で交錯《こうさく》する。

どういうリアクションを取るか、考えるより前に田崎は言葉を返していた。

『……本当か？』

あくまでも気づかなかったというスタンスを貫《つらぬ》こうとしたのは、真紀に軽蔑《けいべつ》されたくないという思いよりは、真紀の信頼を裏切ることを恐れたためだった、とあとから田崎は自分のそのリアクションを振り返った。

真紀が麻薬取締官としての職務に反する行動を取ったのは――しかも、捜査中の関係者に捜査情報を漏らすという、もしも人に知られれば懲戒処分《ちょうかいしょぶん》を受けるのは間違いないという重大な職務違反を犯したのは、田崎への友情ゆえだと思われる。

田崎が麻薬取引に関与しているとは思いたくない、が、田崎であれば直属の上司が悪事に手を染めているのに気づかぬわけがないと考え、真実を確かめるために、真紀は敢えて禁忌《きんき》を犯した。

それがわかるだけに田崎は、真紀の自分への友情を裏切りたくないという気持ちから、真紀の望むとおりの――取引などに、自分はまるで気付かなかったのだという態度を取ってしまったのだが、同時に田崎は真紀の捜査が完了するより前に自分も行動を起こさねば、と焦っていた。

真紀の捜査がここまで進んでいることがわかれば、副島たちは真紀を消しにかかるだろう。それを阻止するためには、自分がなんらかの方法で摘発するしかない。だが、副島や北原の力をもってすれば、たとえ証拠映像をメディアに流そうとしても必ず圧力がかかるだろうし、取引現場を抑え現行犯逮捕したところでトカゲの尻尾切りで終わるだろう。

下手に動くと真紀が取引の全容を知りつつあることが副島らに逆に知られることになる。慎重、かつ巧妙に動かねば、と田崎は必死で考えを巡らせたのだが、副島らの動きは彼以上に早かった。

田崎は副島らに表面上は屈服してみせていたため、彼らは田崎を完璧に飼い慣らしたと確信しているように、田崎の目には見えていた。

予定も聞かずに呼び出しては身体を蹂躙《じゅうりん》するという行為にもそれは表れていると田崎は読んでいたのだが、副島らは田崎よりも一枚上手だった。田崎を完全に意のままに動かしているという態度を取りながらも、密かに彼に監視をつけていたのである。

田崎も勿論常に周囲に気を配ってはいた。が、田崎につけられた監視は警察関係者ではなく特殊訓練を積んだプロ中のプロだった。彼らは田崎と真紀の対面を突き止めただけではなく、面談の内容まで——果ては真紀が田崎に見せたメモの内容まで突き止めていた。

真紀が田崎を呼び出したその日のうちに、副島らは行動を起こした。真紀を罠《わな》に嵌《は》め、彼の命を奪おうとしたのである。

副島たちの計画としては、真紀を拉致《らち》後、覚醒剤中毒とし、その上で自殺に見せかけて殺すというものだったが、覚醒剤の供給側である香港マフィアの王という香主《ジャンシュ》から思わぬ横やりが入った。殺す男なら自分が香港に連れて帰ると言い出したのである。

王との関係を密接に保ちたかった副島らはその申し出を承諾、そのため真紀は『遺体が上がらないが自殺である』ことを世間に納得させるために、馴染みのホステスと北陸に旅行し、東尋坊から身を投げたというシナリオが書かれ、そのとおりに実行された。

田崎がそれを知ったのは、数日後の朝刊の記事からだった。記事が出たその日に田崎は北原に呼び出され、夜、いつもの料亭へと向かった。

「一体どういうことだ?」

ばさりと目の前に朝刊が放られる。北原は怒りも露わに近藤と共に、田崎を足蹴にした。

「麻取からお前は、捜査が進んでいる報告を直接受けたというのに、なぜ我々に知らせなかった!」

興奮する北原が口走る内容から、田崎は自分に監視がつけられていたことを知り、己の不用心さに内心唇を噛んだ。

言い訳のしようもない状況であったために田崎は口を閉ざしていたが、責め立てる北原と近藤を、同席していた副島が止めた。

「まあまあ。彼があの麻取と繋がっていたからこそ、事前に対処できたんじゃないか。そのくらいで許してやりたまえ」

「しかし先生、これは重大な裏切りです。下手をすれば取引は摘発されていたかもしれないんですよ」

北原はそれこそ田崎を取り殺しかねない勢いだったが、副島は「まあいいじゃないか」と笑って田崎の『裏切り』を水に流した。

「先生がそう仰るのでしたら……」

北原も近藤も不満げではあったが、副島の意向には従わざるを得ないようで、渋々そう返事をし、田崎に振り上げた拳を下ろした。

田崎自身、裏切りが知れた今となっては、この場で殺されるやもしれないと覚悟を固めていただけに、なぜに副島が自分を許したのかに疑問を覚え、ちらと彼を窺い見た。

「仕置きは向こうの部屋でやればいい」

副島がきっちりと田崎の視線を捉え、にやり、と笑いかけてくる。

「……ああ……」

そういうことか、というように北原は頷くと、近藤に目で合図をし、殴られ蹴られて満足に歩行もできない状態となっていた田崎を引き立てて次の間へと向かった。

副島が田崎を許したのはこの『仕置き』を行いたいがためだったということは、間もなく田崎自身も知ることになった。

ホモ気に加えてサド気がある副島は田崎を殊《こと》の外《ほか》気に入ったようだったが、それは田崎がどのような苦痛を与えても悲鳴などを上げず、唇を噛んで堪えているためのようだった。苦痛に耐えるその顔がいい、と副島はその夜も北原と近藤と共に田崎の身体を酷く扱い、痛みを堪えて噛み締めすぎた田崎の唇から滴《したた》り落ちた血が上質な絹布団を汚した。

「二度と我々を裏切ろうなんて、考えないほうがいい。社会生命も、そして本当の『生命』も失うことになるからね」

副島は笑いながら田崎をいたぶり、田崎が気を失うまで彼を責め立てた。

意識を失った田崎をおもちゃにするのも飽きたらしい三人は、彼を放置したまま、それぞれに身支度を始めた。

「県警は自殺で処理してくれるんだろうな。遺体が上がるまでは捜査続行、などということにならんといいが」

「その点はご安心ください。県警本部長とは大学の同窓でしてね。しっかりと言い含めておきましたので」

副島と北原の会話を田崎は朦朧とした意識の中で聞いていた。

「しかし王があの麻取を気に入るとは想定外だった」

「本当に。香港に連れて帰るなどと言い出したものだから、こうも面倒なことになった。本当に殺してしまったほうがどれだけ楽だったかしれませんね」

「………っ」

二人の会話から田崎は真紀が死んだわけではないと知り、ああ、と思わず安堵の息を漏らしそうになっていた。

田崎もまた、なぜ真紀が東尋坊などで死んだのかと、それを疑問に思っていたのだった。命を奪われたわけではなかったのか、と思う田崎の目に涙が滲む。

実は田崎は、真紀が死んだ今、彼の弔い合戦として副島や北原、そして近藤の悪事を白日の下に晒《さら》してやろうと考えていた。

警視総監に直訴《じきそ》をするか、マスメディアに訴えかけるか、その方法を彼は今日一日考え続けていたのだが、真紀が生きているとなるとその決意を方向転換させる必要がでてきた。

副島の力をもってすれば、己の訴えが握り潰される可能性は大きい。となると彼らは無傷のまま、自分だけがそれこそ社会生命、もしくは命そのものを失うことになるだけで、香港マフィアのボスに連れ去られた真紀を救い出す者は誰もいなくなってしまう。

王に関する情報を得るには副島らの傍にいるのが一番の得策である。ここはこのまま彼らに絶対服従を誓っていると見せかけ、真紀救出のチャンスを窺《うかが》おう——痛みを堪えながら田崎はそう決意し、今日までこうして副島らのアブノーマルな行為も甘んじて受け入れ続けているのだった。

「おい、どうした」

副島に声をかけられ、田崎は自身が珍しくも意識を余所《よそ》に飛ばしていたことに気づいた。

「申し訳ありません」

動作が緩慢になっていたことを詫びた田崎の肩を、副島が強く蹴る。

「……っ」

そのまま後ろへと倒れ込んだ田崎に、副島がのし掛かってきた。

「脱がせましょう」

横から北原が声をかけ、田崎の服に手をかける。

「縛りますか」

「たまにはそういう趣向もいいな」

田崎のネクタイを解きながら北原が淫靡《いんび》な問いをかけ、副島がそれに乗る。

「そうだ、手脚を縛るのもいいが、それを縛ってやったらどうだ」

さもいいことを思いついた、というような口調で副島が告げ、指さした『それ』は早くも下肢《かし》を裸に剝かれていた田崎の雄だった。

「面白い。根本でよろしいでしょうか」

副島の言葉に、北原が下卑《げび》た笑いを浮かべながら田崎の雄の根本をネクタイでぎゅっと縛る。

「……っ」

容赦《ようしゃ》なく締め上げられたせいで激痛が走り、う、と息を吞んだ田崎を見て、副島はそれは楽しげな笑い声を上げた。

「これはいい。ああ、そうだ、そこに浴衣の帯があるだろう。両手も縛ってやれ。自分でネクタイを解かないようにな」

「かしこまりました」

北原が嬉々として浴衣の帯を取りに行き、抵抗をせずにただ横たわっていた田崎の手首をそれで縛り上げる。

「今夜は正常位でいこう。苦痛に歪《ゆが》む顔を見るのが楽しみだ」

副島がまた声を上げて笑い、田崎の両脚を開かせ抱え上げる。

「まったくもって癖《くせ》になる。王も同じ気持ちなのかもしれんな」

ずぶり、と勃ちきっていた雄を強引に田崎の後ろにねじ込んできながら、副島が上機嫌のまま漏らした言葉が田崎の耳に響く。

「……っ」

狭道をこじ開けられる痛みと雄の根本をきつく縛り上げられた痛み、双方の痛みを堪えてはいたが、今、田崎の眉間《みけん》に刻まれた縦皺《たてじわ》は苦痛によるものではなかった。

彼の脳裏には今、自分と同じように男に——王という香港マフィアに蹂躙《じゅうりん》されている真紀の幻が浮かんでおり、苦痛に歪むその顔に、眉《まゆ》を顰《ひそ》めずにはいられないほどのやるせなさを感じていたためだった。

一日も早く救い出してやりたい。しかしその道はあまりに困難である。頼むからその日まで無事でいてほしい、と切に願いながら田崎は苦痛の呻きを漏らすまいと、しっかりと唇を嚙み締め直したのだった。

5

翌朝、六時に起床した田崎《たさき》はそこかしこに痛みの残る身体を引きずるようにして支度をすませると、ジェイクの家へと向かった。

昨夜《ゆうべ》もまた折檻《せっかん》としかいいようのない行為を強《し》いられたために、あの暴れ盛りの子犬を連れての散歩をする自信はなかったものの、だからといって約束を違《たが》えることは厭《いと》われた。

理由は田崎自身にもよくわからなかった。体調が悪いのを押してまで散歩に付き合う義理はないはずである。

報酬《ほうしゅう》を貰《もら》っているというのならまだしも、百パーセント好意で引き受けた仕事であるので、いかなる状況でも遂行《すいこう》する義務は田崎にはない。だが、好意で受けただけに逆に、多少の無理を押してでも行くべきだ、と田崎は考え、ジェイクの家を訪れた。

チャイムを鳴らすまでもなく、既《すで》に犬舎から、ワンワン、キャンキャン、という犬たちの鳴き声が響《ひび》いてきて、ジェイクがそこにいるらしいと察した田崎は門を開け、犬舎へと進んだ。

『やあ、レイ。来てくれたんだね』

盲目《もうもく》であることが彼の聴覚《ちょうかく》を鋭敏《えいびん》にしているのか、声をかけるより前にジェイクは田崎の来訪に気づき、笑顔を向けてきた。

『ああ』

来るといったものは来る。昨日もそう言ったではないか、と思いつつ頷《うなず》いた田崎にジェイクは近づいてくると、つと手を伸ばし肩を摑《つか》んできた。

『随分《ずいぶん》と疲《つか》れているようだ。大丈夫かい？』

『別に疲れてはいない』

見えないはずであるのになぜわかるのか、と驚《おどろ》きながらも田崎は疲労と苦痛を押し隠すことにした。淡々《たんたん》と答え、犬たちにリードを繫《つな》ごうと跪《ひざまず》いた田崎に、ジェイクが話しかけてくる。

『声音《こわね》と歩き方だ』

『何？』

唐突《とうとつ》な言葉に田崎は、リードをつける手を止めジェイクを見やる。

『声の調子と君の歩き方で、体調があまり芳《かんば》しくないのを察した』

『……ああ……』

そういうことかと納得した田崎に、ジェイクが心配そうに言葉を続ける。

『疲れているのなら無理しなくていい。彼らも一日くらい我慢してくれるよ。そのくらいの分別はあるはずだ』

『大丈夫だ。気遣いはありがたいが』

実際田崎の体調は最悪で、ジェイクの気遣いに甘えられればどれだけ楽か、と思いはしたのだが、なぜかそのとき田崎は酷く意地になっていた。

『……君がそう言うのなら』

ジェイクはそれでも何か言いたげな顔をしてはいたが、やがて独《ひと》り言《ごと》のようにそう呟くと、リードをつける田崎に手を貸そうとしキャンキャンと騒ぐ子犬を押さえつけた。

『こら、ミミィ。今日はおとなしくしなさい。わかったね？』

「キャンキャンキャン」

ジェイクが言い聞かせても、子犬は我関せずといった感じだったが、親犬が「ウォン！」と吠《ほ》えた途端《とたん》におとなしくなった。

『キティは場の空気を読めるんだな』

ジェイクが感心したようにそう言い、田崎へと顔を向ける。

『……まあね』

そういえば昨日も親犬は子犬を窘《たしな》めていたな、と田崎は思い出したが、それを口にはせず、リードをつけることに専念した。

『それじゃ、行こう』

田崎がリードをつけ終わったその瞬間、ジェイクはそう声をかけてきて、田崎を驚かせた。

『ん？』

気配で伝わったのか、ジェイクが包帯の上にサングラスをかけた顔に笑みを浮かべ、問いかけてきた。

『いや……』

よくわかるな、と言いかけ、それは目が不自由な人に対して失礼な発言か、と気づき口を閉ざす。

『なんでもない、行こう』

田崎が誘うとジェイクは、何を言おうとしたのか、という問いを発することなく『ああ』と頷き、親犬のリードを手に歩き始めた。

散歩コースは昨日と同じ道となったのだが、子犬は昨日のはしゃぎっぷりが嘘《うそ》のようにおとなしく親犬と共に歩き、田崎を密《ひそ》かに驚かせていた。

『キティもミミィも、今日はいい子だな』

ジェイクもまた田崎と同じことを考えていたらしく、感心しながらも田崎に笑いかけてくる。

『彼らの名の由来は？　なんで『キティ』とつけたんだ？』

キティというのは『子猫』を意味する。犬につけるにはおよそ相応《ふさわ》しくないネーミングだと思っていた田崎は、ジェイクに問いかけた。

『遊び心だったらしいよ。日本には同じ名前の有名なキャラクターがいるんだろう？　ミミィはその友達だか妹だかの名前だそうだ』

『へえ……』

国民的キャラクターといってもいいキャラクターの名前であるため、田崎もすぐにその造形を思い浮かべることができた。

ミミィという名にも馴染《なじ》みがあるような気がしていたが、あのキャラクターの妹だったからか、とそちらの造形も思い出しかけていた田崎は、ジェイクに声をかけられはっと我に返った。

『しつこいようだが、用事があったり体調が優《すぐ》れなかったりした場合は、すっぽかしてくれてもいいんだ。もともと無理を承知でお願いした散歩だし、必要以上に君の負担になりたくない』

『……そこまでお人好しではないから、安心してくれ』

ジェイクの思いやり溢《あふ》れる言葉に対し、なぜ自分は悪態《あくたい》といってもいいような答えを返してしまったのか——発言したあとに田崎は自分の言動に疑問を覚え、慌《あわ》てて言葉を足した。

『つまりは、犬の散歩はそう負担ではないと言いたかった。そういうことだ』

『レイ……』

と、ここでジェイクが足を止めたかと思うと感極まった声を上げたものだから、何事かと田崎もまた足を止め彼を見やった。

『君は本当に優しい男だ』

『別に優しくなどないさ』

あまりにしみじみと言われ、戸惑《とまど》うより前に彼の言葉を否定してしまった田崎に向かい、ジェ

イクがゆっくりと首を横に振ってみせる。

『いや、本当に君は優しい。コハルさんに言われたよ。こんな朝っぱらから犬の散歩を引き受けてくれるような人間はそうそういないと』

田崎が了承してくれたことに対し、小春《こはる》に『日本人は本当に親切だ』と言ったところ、『日本人だからではなく、彼が親切なのだ』と怒られた、とジェイクは肩を竦《すく》めたあと、

『ああ』

と何かを思い出した表情となった。

『何?』

問いかけた田崎にジェイクが悪戯《いたずら》っぽい笑顔を向けてくる。

『コハルさんはこうも言ってた。君が物凄《ものすご》いハンサムガイだと』

『馬鹿な』

くだらない、と田崎は言い捨て会話を打ち切ろうとしたが、思いの外《ほか》ジェイクはしつこく絡《から》んできた。

『眼鏡《めがね》をかけているんだよね。とてもクレバーそうだとも言っていた。公務員ということだが、高級官僚に違いないと言ってたよ。実際のところ、どうなのかな?』

『……彼女がそうも好奇心旺盛《こうきしんおうせい》な女性だとは気づかなかった』

あれこれと詮索してくるジェイクの問いを田崎は嫌みで返す。

『ああ、違うんだ。コハルさんに罪《つみ》はない。僕があれこれと君のことを尋ねたから、彼女は教えてくれただけだよ』

慌てて言い訳をするジェイクが少し高い声となる。と、その声に反応したのか、それまでてくてくと、おとなしく前を歩いていたミミィがジェイクを振り返り「ワン！」と大きく吠え、彼へと駆け寄ろうとした。

「こら」

慌てて田崎がリードを引き、それを制する。

「ワンワンワン」

だが、既に『いい子』でいるのが限界だったのか、ミミィは田崎に怒られると今度は彼へとじゃれついてきて、少しも前に進まなくなってしまった。

『駄目だよ、ミミィ。言うことを聞いてくれ』

ジェイクが宥《なだ》めようとしたが、ミミィは逆に彼に遊んでもらえると思ったらしく、キャンキャン騒ぎながら今度はジェイクに飛びかかっていく。

「おいっ」

子犬ではあるが、いきなり飛びかかってこられては、盲目の彼は転倒しかねない。それで田崎は慌ててリードを引いたのだが、弾《はず》みで自分が後ろへと倒れ込みそうになった。

「ワン！」

『危ない！』

キティが吠えたことでそれを察したのか、ジェイクがさっと手を伸ばし、田崎の腕を摑んで引き寄せる。

『……ありがとう』

たとえ目が見えていたとしても、こうも素早い動きのできる人間はそういないだろう。盲目にしてこの反射神経は、軍人として特殊な訓練を積んでいる、その賜《たまもの》なのだろうか。凄いな、と思いながら田崎が礼を言ったとき、キティがミミィに向かい「ワン！」と大きく吠えた。

「クゥン……」

ミミィが項垂れたあと、すりすりと田崎の足もとに身をすり寄せてくる。親に叱《しか》られて謝ってきたのだろうが、この懐《なつ》きようは甘えて許してもらおうとしているのか。なんとも図々《ずうずう》しい、と田崎は、くうんくうんと鳴きながらまだすりすりと鼻先を押しつけてくるミミィの姿に、思わず苦笑してしまった。

『これで当分、おとなしくしているだろう』

ジェイクがそんな田崎の肩を叩《たた》き、笑いかけてくる。

『ああ、そうだな』

田崎もまた笑い返し——自分がごく自然に笑っていることに気づき、啞然《あぜん》とした。

『行こうか』

ジェイクに声をかけられ、はっと我に返る。隙《すき》がありすぎる、そんな自分にも唖然としていた田崎だが、ジェイクの言葉がわかったかのようにトコトコとミミィが歩き出したため、いつまでも唖然とはしていられなくなった。

『レイは犬を飼ったことがあるかい？』

『いや、ない』

『飼いたくなりつつある……ということはないかな？』

『さあ、どうだろう』

それぞれ犬に引かれるようにして歩きながら、田崎とジェイクは内容があるとはとてもいえない会話をしていた。中身などまるでないはずなのに、そんな場合彼の頭に浮かぶはずの『くだらない』という思いは少しも芽生《めば》えて来なかった。

代わりに彼の胸を満たしているのは『楽しい』としかいいようのない感情だった。なぜ『楽しい』などと思うのかは田崎自身にもわからなかったが、どうということのない会話をジェイクと続けていると、胸が弾んでくる己《おのれ》を自覚していた。

『僕は飼いたくなった。キティとミミィを譲《ゆず》ってもらえないか、友人に頼んでみようかと、本気で思っているくらいだ』

『勝算は？』

『皆無に等しい。何せ彼はこの二匹を妻と子だと言って憚《はばか》らないくらいだからね。しかもキティやミミィも同じ気持ちでいるようなんだ』

『そこに割り込むのは大変だな』

田崎は普段滅多《めった》に軽口など叩かない。それもあってあまり人との会話は弾まないのだが、それがまるで嘘のように今、田崎とジェイクとの間ではぽんぽんと会話が進んでいた。

ジェイクの軽妙な語り口によるところが大きいのかもしれないが、普段の田崎であればいくら相手の口調が軽妙だろうが会話が弾むことなどなかっただろう。余程気を許した相手でない限り、会話を楽しむことなどないその彼が、今まさに、ジェイクとの会話を楽しんでいた。

そのことに気づいたとき、田崎は戸惑いを覚えた。ジェイクとは知り合ったばかりであり、行きがかり上犬の散歩を引き受けただけの仲である。彼の人となりを田崎は殆《ほとん》ど知らない。米国軍人であることと、中東で負傷し見えなくなった目の手術のために来日していること、日本語が話せないこと、そのくらいしか把握《はあく》していない。

自分もまた近所に住んでいるということと『公務員』であることしか明かしていないが、互いのことをほとんど知らないという相手だからこそ、気を許し会話を楽しむことができるのかもしれない、と田崎は自己を分析した。

昔から田崎は人付き合いをそう得意としていなかった。勿論《もちろん》、そつなくなんでもこなすゆえ、コミュニケーション関係で苦労したという経験はないが、腹を割って話せるような友人はなかなかできなかった。

『できなかった』というより『作らなかった』という表現のほうがより適しているかもしれない。というのも田崎自身が、他者に対する興味が薄く、この相手となら深く付き合いたいと積極的に思うことがまずないのだった。

社会に出てからその傾向はますます顕著《けんちょ》になり、職場では友人も、心から信頼を寄せる上司や部下もいなかった。それでも仕事をするのに支障はなかったし、義理人情に縛《しば》られない分、かえって楽でもあった。

厳《きび》しい、クールという評判が立ったが、人がどう自分を見ていようが田崎にはあまり興味がなかった。部下は叱責《しっせき》されまいと恐れ、上司は出し抜かれまいと虚勢《きょせい》を張る。同期との交流は殆どない。田崎が気を許せる唯一《ゆいいつ》の友人、竜野真紀《たつのまさき》が傍《そば》にいない今、彼が心を許して付き合える相手は皆無といってよかった。

ジェイクに対しても別に心を許しているわけではない。が、他の人間に対するような気構えをまるで感じなかった。そればかりか、田崎は今まで心を許した友人に対してさえ、軽口など叩いたことがなかったというのに、ジェイクとは冗談を言い合い、笑い合っている。

なんとも不思議なことだが、ジェイクとの付き合いはあと数日で終わる。本来犬たちを散歩させるはずであったペットシッターが病気から回復すれば田崎の役目は終わるのだ。

所詮《しょせん》、早朝の散歩は田崎に取ってイレギュラーな行為であり、すぐにまた日常が戻ってくる。

ほんの数日、と区切られた期間であるから気安《きやす》いというのもあるかもしれないな、と思いながら田崎は、その後もジェイクが色々と振ってくるジョークに笑い、彼もまた冗談めいたことを言ってはジェイクを笑わせ、散歩を続けたのだった。

その日も田崎は小春の用意してくれていた朝食をジェイクと共に摂り、始業ぎりぎりの時間に出署した。

席に着いて早々、ポケットに入れていた携帯が着信に震え、誰だ、とディスプレイを見る。

「………」

そこに浮かんでいたのは北原《きたはら》の名だった。昨日の今日で一体なんの用だ、と思いはしたが無視することは当然できず応対に出た。

「はい。田崎です」

『すぐ来い』

電話は一言で切られた。来い、というからには警視庁に出向けということだろうと判断し、田崎は周囲に「ちょっと出てくる」と声をかけると言われたとおりに『すぐに』署を出、タクシーを捕まえに走った。

道が空いていたこともあり、二十分ほどで警視庁へと到着したが、北原の機嫌は悪かった。

「遅い」

「申し訳ありません」

これ以上早くなど来られないと北原にもわかっているだろうに、と思いつつも深く頭を下げ、田崎は続く北原の言葉を待った。

「もういい。頭を上げろ」

苛立《いらだ》ちを隠そうともせず、北原が尖《とが》った声で命じ、田崎がそれに従う。顔を上げた途端、不機嫌極まりない表情をした北原が告げた言葉に、田崎は心底驚き思わず声を漏《も》らしてしまった。

「すぐに香港《ホンコン》に飛べ」

「は？」

問い返したと同時に北原の怒声が室内に響き渡る。

「何をしている！　すぐに香港に行けと行っているんだ！」

「香港……ですか？」

なぜ香港なのか、香港と聞いて思い当たるのは覚醒剤取引《かくせいざいとりひき》に関与している王《ワン》が——そして彼に囚《とら》われている真紀がいるということだが、二人に関係があるのか。

藪《やぶ》から棒《ぼう》に『香港』と言われても、という思いが口調に出たのか、北原はますます不機嫌な顔になると田崎を怒鳴りつけた。

「貴様、昨夜の我々の指示を無視したな⁉」

「いえ、そのようなことは……」

昨夜の指示——真紀の弟、友紀《ともき》を、彼が今身を寄せている早乙女文人《さおとめふみひと》から引き離せ、というものだったが、無視も何も、昨日の今日で何をしろというのか、と内心反発していた田崎だが、続く北原の言葉を聞き、あ、と声を上げそうになった。

「竜野友紀は今日、早乙女と香港へ飛んだ。なぜそれを知らない？　指示を受けたらすぐに早乙女の動向を探ることを考えるはずだ。違うか？」

「……申し訳ありません」

昨夜の今朝では動きようがなかった、という言い訳など通じないことはわかっている。しかも昨夜、あれだけ身体を痛めつけた本人がそれを言うか、という思いより、今、田崎の中では動揺が勝っていた。

友紀が香港へと向かった理由は考えるまでもなく兄、真紀の奪回だろう。彼一人であれば無謀《むぼう》とも見えるが、彼には早乙女春人《さおとめはるひと》の息子、文人がついている。

早乙女の人脈と父の力をもってすれば、香港マフィアの中でも急成長を遂《と》げているという若きカリスマ、王とも充分渡り合えるだろう。

北京《ペキン》五輪ではすれ違いに終わった兄弟が、いよいよ対面を果たすのか——できることなら自分の手で救い出したかったが、それこそ『無謀』であることがわかっていた田崎は、積極的に動けずにいた。それを悔やむ気持ちから彼は動揺していたのだが、すぐにその感情は治まりをみせた。

真紀が無事に救出されるのであれば、それでいいではないかと思えたのである。

田崎の中での感情の流れは、一瞬の間に行われた。が、次の瞬間、彼は再度動揺することとなった。

「謝るくらいなら早く香港に飛ぶんだ。そして弟が接触するより前に竜野真紀を殺せ。いいな？」

「…………」

警視庁内でそのような発言が出ようとは――それ以前に、警察官の身でありながら、そうも堂々と人殺しを命じるとは、と田崎は思わず北原の顔を凝視してしまった。

「なんだ？」

北原は己の発言に少しの罪悪感《ざいあくかん》も持っている様子はなく、眉《まゆ》を顰《ひそ》め問い返してくる。

「……いえ……」

腐《くさ》っている。と田崎は思わず心の中で呟《つぶや》いた。覚醒剤取引に加担している時点で警察官としての倫理観はないことはわかっていたが、こうも腐りきっていたとは、と半ば唖然と、半ば軽蔑《けいべつ》を抱きつつも、田崎はなんでもないと首を横に振り、続く言葉を待った。

「副島《ふくしま》先生の集めた情報によると、王は香港マフィア内でも浮いた存在で、他の団体の長たちが手を組み彼を抹殺《まっさつ》しようとしているらしい。我々とすれば王が生きようが死のうが関係ないが、彼が殺された場合の竜野真紀の所在が気になる。王と一緒に殺されてくれればいいが、日本にでも戻ってこられては面倒なことになるからな」

「…………」

憎々《にくにく》しげに言い捨てる北原を前にする田崎の胸は怒りに煮《に》えくり返っていた。

『殺されてくれればいい』とは、人の命をなんだと思っているのか。外道《げどう》め、と睨《にら》みそうになるのを堪《こら》え、俯《うつむ》いた田崎に対し、北原は彼への指示をまくしたてた。

「早乙女より早く、竜野真紀と接触し彼を殺すんだ。王の家はビクトリアピークにあり、竜野もそこにいるという話だ。拳銃携帯《けんじゅうけいたい》の許可は出すよう私が手を回す。航空券も届けさせる。北京での不始末を解決してこい。いいな？」

「…………はい」

『北京での不始末』が何を指しているかに思い当たったとき、憤《いきどお》りから田崎はまたも北原を睨みつけそうになった。が、ここで彼の怒りを買っても自分が動きにくくなるだけだと思い留まる。

『不始末』は、すなわち、田崎が竜野友紀の命を助けたことを意味する。あの場で殺されておけば面倒がなかったものをと言いたげな北原に対する怒りは増幅していたが、それ以上に田崎には気になることがあった。

真紀を連れ去った王が命を狙われているとなると、真紀の身にも危険が迫ることになるだろう。先ほどの北原の言葉ではないが『一緒に殺される』可能性は高い。

王の身に危険が迫るより前に自らの手で真紀を救い出す——田崎はそう心を決めていたのだった。

新興とはいえ、他団体が手を組み潰《つぶ》そうなどという動きがあるということは、王の勢力が彼らを脅《おびや》かすほどに甚大《じんだい》である証《あかし》だろう。そんな実力ある香港マフィアから、自分だけで真紀を救い出すことは、田崎とて勿論可能と思っていなかった。

だが不可能だからと諦《あきら》めることは、今度はすまい、と彼は考えていた。北京五輪の際に、かつては自分の部下であった竜野友紀が危険を顧《かえり》みずに救出に向かったのを、見ていることしかできなかった、あの歯痒《はがゆ》さを二度と味わいたくなかった。

己の命と引き替えにしても真紀は助ける――今、田崎の頭にあるのは、そのことのみだった。

北原のもとを辞したあと、田崎はタクシーで再び新宿へと戻った。車窓の外、流れる風景を見やる田崎の脳裏に、不意に舞い散る桜の花びらが浮かんだ。

もう十年以上前になる、大学の卒業式。舞い散る桜花の下で真紀と交わした会話。

桜の花びらが真紀の前髪に落ちた、その花びらを震える指先で摘《つま》み上げると、真紀は笑顔で『ありがとう』と礼を言った――鮮《あざ》やかに蘇《よみがえ》る記憶に身を委《ゆだ》ねていた田崎は今、幻の真紀の笑顔を見、幻の声を聞いていた。

『よかった。唯一の友達を失わずにすんだ』

卒業してからも変わらず会おう、と言ってきた真紀。真紀の言う『唯一の友達』が決して誇張表現ではないことを田崎はよく知っていた。

田崎にとっても真紀は唯一の友であるはずだった。だがいつの頃からか田崎は真紀に対し、友情以上の気持ちを抱いていることを自覚した。

それを『恋』と認める勇気が出ないまま時は過ぎた。もしも自分がその恋心を明かした場合、真紀との友情が潰《つい》えていたかもしれないと思うと、告白せずにいてよかったのかもしれないと年月を経るうちに田崎はそう考えるようになっていった。

真紀にとって自分は『唯一』の友人、いわば唯一無二の存在である。それでよしとしよう――恋心の成就《じょうじゅ》よりも、田崎は友情の継続を選んだ。その選択に後悔はない。が、今やその『友情』すら失われているかもしれないと思うと、さすがに田崎の胸は痛んだ。

罠《わな》に嵌《は》められた真紀は、自分が彼から仕入れた情報を流したと思うに違いない。悪いのは実際、尾行に気づかなかった自分にあるが、それでも自分もまた覚醒剤取引に関与しており、積極的に真紀を仲間に売ったとは思われたくなかった。

違うのだ、と告げたい。しかし今、真紀は遠く香港にいてそれもかなわない。香港で彼はどんな生活をしているのだろうか。王は真紀を気に入って連れ去ったというが、王のもとで真紀は無体な目に遭っているのではないだろうか。

酷《ひど》い境遇《きょうぐう》に身を置いている可能性は高い、と思う田崎の胸に痛みが走る。その痛みは、真紀は自分を恨《うら》んでいるであろうという思いに、より増幅されていった。

待っていてくれ――幻の真紀に向かい、田崎は心の中で声をかける。

必ず自分が、王の手から救い出す。王と刺し違えてでも真紀を守る。その決意が拳《こぶし》を握《にぎ》るという行為になって表れたことに気づき、その拳を解いた田崎の脳裏にちらと、ジェイクの顔が浮かんだ。

「…………」

なぜ今、彼の顔が浮かぶのかがわからない、と我がことながら首を傾げた田崎は、次の瞬間、ああ、これか、とその理由に思い当たった。

北原はすぐにも香港へ飛べと命じてきた。下手すると今日中に香港入りする可能性もある。となると、明朝の犬の散歩には付き合えなくなる。事前に連絡を取り、他を当たってくれと告げねばならない。

だから彼の顔が浮かんだのか、と納得したものの、田崎の胸の奥に、果たしてそうなのか、という疑問が宿った。

だが今はそんな疑問を抱いている余裕はないのだ、と田崎はいかにして単身で王の許に乗り込むか、その方策を職場に戻る車中で必死に考え始めていた。

6

北原に呼び出されたあと、署に戻った田崎を待ち受けていたのは山崎《やまざき》の尋問だった。

「一体どういうことなんだ？」

北原は既に田崎を香港へとやる根回しを終えていた。直属の上司である新宿東署長の山崎は事後承諾としかいいようのない田崎の香港行きに激昂《げっこう》し、どのような任務を仰《おお》せつかったのだと田崎を詰問《きつもん》したが、彼に答えられるわけもなかった。

「特命事項としか、私も聞いていません」

「何が特命事項だ！　ふざけるな！」

山崎が顔を真っ赤にして田崎を怒鳴りつける。そうも用件を知りたいのなら、直接北原に聞けばいいものを、それができないことがまた山崎の怒りを煽《あお》るのだろう。

なぜ北原は、直属の上司である自分を飛ばし、直接田崎に指示を与えるのか。ないがしろにされるにもほどがある、という山崎の怒りはなかなか治まらず、三十分近く彼は田崎を怒鳴りつけていたが、やがて諦めたのか、

「もういい」

と吐き捨て、ようやく終わったか、と内心溜め息をついた田崎をじろりと睨んだ。

「香港でもどこでも行けばいい。だが戻ってきたときに席があるとは思うなよ」

「……失礼します」

なんとも子供じみた捨て台詞《ぜりふ》だ、と呆《あき》れていることをおくびにも出さない丁寧《ていねい》さで田崎は一礼すると、山崎に呼び出された会議室を辞したのだった。

北原は『すぐに飛べ』と言っていたが、結局出発は翌朝となった。田崎がそれを知ったのは、昼過ぎに北原の使いという者がチケットとホテルクーポンを届けに来た際であったが、その足で香港へ飛べ、くらいのことを言われていたにもかかわらず、なぜ明日になったのか等の伝言はなかった。

一日余裕ができたことに田崎は密かに安堵《あんど》し、人に気づかれぬよう身辺整理を始めた。常日頃から田崎の職場の机は整然としていたが、更に念を入れ片付ける。

二度とこの場には戻れまい――田崎はそう、覚悟を決めていた。香港マフィアを向こうに回しては生きて日本に帰れはしまい、という以上に田崎は、命をかけて真紀を救いだそうと固く決意していたためだった。

そうだ、両親に宛てて遺書《いしょ》を書こうと田崎は帰宅後に思いを馳《は》せた。

会社同様、自宅も常に整理整頓されていたが、死後のことを考え、自宅用のパソコンのデータなどはすべて消去したほうがいいだろう。

部屋に飾ってある真紀との写真や学生時代のアルバムもまた破棄《はき》したほうがいい。手帳や手紙もすべて捨てよう——自分が歩んできた人生やら、普段の思考やら、己のすべてを闇《やみ》に葬《ほうむ》る、というよりは、最初から田崎礼という人間はこの世に存在しなかったと思わしめるくらい、何もかもを捨ててしまおう。

逆縁の不幸をする上に、生きた証を欠片《かけら》ほども遺《のこ》さないなど、両親はどれほどショックを受けるかとも思うが、今の己の状況を思うと、逆に何も知らせず逝《ゆ》くのが父や母のためにもなろう。男たちに肉体を蹂躙《じゅうりん》されているなどという事実を年老いた母が知れば、どれほどのショックを受けるかわからない。

そういう意味では、遺書も書かないほうがいいのかもしれない、と田崎は思い直し、密かに溜め息をついた。

定時で署を出、帰路につく。部屋を出るときに山崎が聞こえよがしに舌打ちをしてきたが、もとより一ミリも尊敬できない上司に今更どう思われても関係ないと思い、無視を決め込む。普段の自分であればそれなりの気は遣っただろうに、らしくない、と署の外で田崎は一人肩を竦めた。死ぬと決まった今、自棄《やけ》になっている部分があるのかもしれない。自暴自棄《じぼうじき》の状態ではうまくいくものもいかなくなる確率が高い。しっかりと気を引き締めねば、と己を律すると田崎は自宅へと戻るべく、ちょうどやってきた空車のタクシーに手を挙げた。

住所を告げ、シートに沈み込んだ田崎の口から、我知らぬうちに溜め息が漏れる。

「…………」

たった今、己を律したばかりであるのに、何を気弱な、と田崎は軽い自己嫌悪に陥《おちい》りつつ、車窓を見やった。

夕闇に煙《けむ》る街並みが物凄《ものすご》いスピードで後ろへと流れていく。見慣れたこれらの風景も二度と見ることはないのか、と思うと、またも溜め息が漏れそうになったが、それを唇を引き結んで堪えると田崎は目を閉じ自ら視界を遮《さえぎ》った。

死ぬことは怖くない。怖いのは無駄死にをすることだ。

自分の身はどうなろうともかまわない。ただ、真紀の命を救うことができさえすればそれでよかった。

だが可能性としては、自分も死に、真紀も帰国できぬままに終わるパターンが大きい。それが案じられてならなかった。

案じたところでどうなるものでもない。ぶつかるのみだ、と己に言い聞かせる田崎の唇からまた、溜め息が漏れそうになる。

やはり自分は自棄になっている。状況としては自棄にならざるを得ないものであるが、どのような状況でも冷静に構えていられるという自負を持っている田崎にとっては、自分が自棄になるなど、許し難いのだった。死を目の前にして取り乱すことを好まないというのに、今の自分の状態はまさに『取り乱している』としかいいようがないことが、彼のプライドをいやというほど傷つけていた。

己のプライドなど、この際どうでもいい。自分が考えるべきはいかにして真紀を救出するか、それのみだ。

己に言い聞かせる声が田崎の頭の中に響く。いつまでもぐるぐると、考えても詮無《せんな》いことをあれこれ思い図るのはやめよう、と田崎は思考を自らシャットダウンすると、それから家までの間は、ただ目を閉じ、頭の中を真っ白にした状態で車に揺られたのだった。

タクシーが家の近所まで到着した際、田崎の頭にふとジェイクの顔が浮かんだ。香港行きの便は早朝で、キティやミミィの散歩に付き合っている時間的余裕はない。ジェイクは来られるときだけ来てくれればいいと言われてはいたが、一応明日から付き合えないと知らせておいたほうがいいだろう。

田崎は腕時計をちらと見た。時刻は午後六時半すぎだった。夕食時かとも思ったが、伝えるのは『明日の朝から当分、散歩はできない』という言葉のみであるため、たとえ食事中であっても、まあいいか、と田崎は考え、家の前を通り過ぎてワンブロック先のジェイクの家へと向かった。

このような用件は電話ですませればいいものだが、田崎は未《いま》だにジェイクの電話番号を知らず、ジェイクにもまた自身の家の電話も携帯電話も番号を教えていなかった。

口約束から始まった朝の散歩とはいえ、行く、行けないという連絡をするのにまず最初に電話番号の交換くらいはするのが普通じゃないのか、と田崎は自分と、そしてジェイクのアバウトさに今更ながら呆れてしまった。米国軍人がそんないい加減なことでいいのか、と思うと同時に、自分も日本の警察官ではないかと苦笑する。

思えば不思議な縁だった――到着したジェイクの家の門を前に田崎は暫《しば》し佇《たたず》み、明かりのついている屋敷を眺《なが》めた。

犬舎が静かなところを見ると、犬たちは屋敷内に入れてもらっているということだろう。ということは、家政婦の小春は既に帰宅していると推察できる。

そんなことを考え、じっと屋敷を眺めていた田崎はふと我に返り、一体自分は何をしているのだか、と己の行動に首を傾げた。

明日からの散歩を断るだけなのだから、家政婦がいようがいまいが関係ない。なのになぜ自分の手がインターホンに伸びないのか、わけがわからないと思いつつ、田崎はインターホンのボタンに指を伸ばしたが、やはりその指が動くことはなかった。

散歩を断るのが、そうも言いづらいのか。別に報酬を貰っているわけではなく、純然たる好意で引き受けた散歩である。急なキャンセルは申し訳ないとは思うが、もともとイレギュラーで頼まれたものなのだし、都合が悪くなったの一言ですむ話だ。

なのになぜ、自分はその一言を告げることを躊躇《ちゅうちょ》しているのだろう。わけがわからないな、と田崎が首を傾げつつもいよいよインターホンを押そうとしたそのとき、門の正面にある玄関が開き、二人の男が外に出てきた。

「………」

二人とも外国人であり、一人はジェイクだったが、彼より先に外に出てきたのは見覚えのない金髪の男だった。

男はすぐに田崎の存在に気づいたようで、振り返ってジェイクに何かを言っている。距離が少しあるため、何を言ったのかまではわからなかったが、次の瞬間ジェイクが満面の笑顔となり大きな声を上げた。

『もしかしてレイかい？　どうした？　何か忘れ物でもしたのかな？』

『あ、いや……』

金髪の男と二人、門へと向かって歩いてくるジェイクに田崎は早々に用件を伝えようとしたのだが、金髪の男の視線が自分へと注《そそ》がれているのに気づき、どう見てもこの場を去ろうとしている彼がいなくなってからにしようと口を閉ざした。

だが展開は田崎の予想を裏切るものとなった。なんとその金髪が田崎に向かい、それは綺麗《きれい》な発音の日本語で話し掛けてきたのである。

「ワン公たちの散歩をしている奇特な男というのは君か」

「…………」

発音は綺麗だったが、言葉遣いはそう綺麗ではない。それにしても流暢《りゅうちょう》な日本語を喋《しゃべ》るものだ、と田崎は感心しつつも、言われた内容にはむっとし、無言のまま男をやり過ごそうとした。

「おい、無視はないだろう」

無言の田崎に、今度は男がむっとしたようで、端正な顔を近づけ田崎を睨んでくる。

「日本語が上手だな」

なんとも繊細《せんさい》な美貌《びぼう》の持ち主であるのに品がない。無視されたことを怒っているが、だいたい最初に失礼なことを言ってきたのは自分だろうに、と思いつつも田崎は男のように相手を罵《ののし》ることはせず、嫌みで返すことにした。

そこまで日本語が上手いのなら、敬語や丁寧語も勉強しろという思いを込めた言葉だったが、その嫌みは金髪の男には通じなかった。

「当たり前だろう。日本人なんだから。日本語が話せなくてどうするよ」

ふざけるな、とばかりに田崎を睨み付け、凄んでくる。一体なんの冗談だ、と田崎が半ば呆れ、半ばむっとしつつ言い返そうとしたそのとき、横からジェイクが英語で割り込んできた。

『なんとも険悪《けんあく》な雰囲気だが、一体何を言い争っているんだ？』

『あ、いや……』

なんでもない、と田崎が答えている間に金髪男は、

「それじゃ俺は帰るから」

と日本語で言い捨て、勝手に門を開けるとすたすたとその場を立ち去っていってしまった。

「…………」

なんだ、あれは、と田崎がらしくもなく唖然とし、その後ろ姿を見送る。

『何か失礼があったら謝るよ。彼は僕の主治医だ』

ジェイクが申し訳なさそうに声をかけてきたのに我に返ると、田崎はあまりの意外さから改めて彼に問うた。

『主治医？』

『ああ。僕の目の手術をしてくれた名医だよ。彼の手術を受けるために来日したんだ』

口は悪いが腕はいいよ、と笑うジェイクに、それほどの名医なら、と田崎は名を聞いた。

『なんて医師だ？』

『ミスター・姫井《ひめい》』

『姫井……』

知らない名だ、と首を傾げた田崎にジェイクが意味深な言葉を口にする。

『……まあ、あまり追及しないほうがお互いの為かも』

『どういう意味だ？』

ますますわけがわからない、と眉を顰めて問い返した田崎の前で、ジェイクは少し困ったな、

というように肩を竦めると、明らかに話を逸《そ》らそうという意図のもと、門を大きく開いて彼を中へと招き入れようとした。

『それより、どうしたのかな？　突然訪ねてきてくれるなんて。まあ、僕としては嬉《うれ》しいんだが』

『今の医師、姫井という名だそうだが本当に日本人なのか？』

誤魔化《ごまか》されるものか、と田崎が問い返す。

『ともかく中へ。さあ、どうぞ』

ジェイクは笑顔でそんな田崎を門の中へと招くと、二人は肩を並べて家へと向かい歩き始めた。

『食事は？　まだなら一緒にとらないか？』

『いや、結構』

にこやかに話かけてくるジェイクに対し首を横に振りながら田崎は、家になど上がるつもりはなかったのだが、と思わぬ展開を少々悔いていた。曰《いわ》くありげな医師が現れなければ、あのまま門の前で用件を伝え帰ったものを、と考えていた彼の頭の中を覗《のぞ》いたかのように、ジェイクがその医師へと話題を戻した。

『ミスター・姫井は日本人だよ。曾祖父《そうそふ》がイギリス人だと言ってたかな』

となると、八分の一は外国人の血が混じっているということかな、と言葉を足すジェイクが、玄関のドアを開く。

『八分の一？』

そこまで血が薄まっていて、あの外見か、と田崎が思わず驚きの声を上げたそのとき、開いた玄関の内側から、ワンワンキャンキャンという鳴き声と共に、ミミィが田崎へと向かって駆け寄ってきた。

『おっと、ドアを閉めてくれ』

ジェイクに言われ、田崎がはっとしドアを閉める。と、ミミィは残念そうにクゥン、と鳴き、すごすごと引き返していった。

『外に出たいんだよ。遊びざかりだからね。君が来たのを、散歩に連れ出してくれると勘違《かんちが》いしたんだろう』

『その散歩なんだが』

訪問の用件を告げる思わぬきっかけを得、田崎はその場で足を止めたまま言葉を発した。

『申し訳ないが明日から出張が入った。当分の間散歩に付き合うことができない。それを伝えに来たんだ』

一気にそこまで喋った田崎は、なんらかのリアクションを求めてジェイクを見た。

『………』

いつもの彼であれば、気にすることはない、的なリアクションをするだろうに、なぜか今夜彼はじっと黙《だま》り込んだままでいた。

それは困る、ということだろうか。しかし困ると言われてもそれこそこっちが困る、と田崎は濃いサングラスをかけているせいで表情が読めないジェイクの顔を見る。

『………』

そのとき田崎は、ジェイクがいつもサングラスの下に巻いている包帯をしていないことに気づいた。あの失礼な姫井という医師が外していったのだろうか。となると、彼の視力は少しは回復しているのか、と問おうとしたが、すぐに、最早自分には関係ないことか、と思い直した。

ともかく、伝えるべきことは伝えた。話がこうも急でなければ、英語のできるペットシッターを探すくらいは手伝えたのだが、と田崎は思い——最初からそうしておけばよかったのか、と今更のことに気づいた。

自分が散歩を手伝うより、そのほうが余程効率的であるのに、なぜそれに気づかなかったのか。やはりここ数日の自分はいかにも自分らしくなかった、と田崎は改めて目の前のジェイクを、続いて部屋の奥にいるラブラドールの親子を見た。

思えば不思議な縁だったとしかいいようがない。人助けをするような柄ではないのに、よく早朝の犬の散歩になど付き合ってきたものだ。盲目の外国人の依頼を断ることができなかったというだけなのだが、体調が思わしくないときもそれを押して犬の散歩に付き合っていたのがなんとも信じられない。

自分が把握《はあく》している以上に、人情派だったということか、と田崎は一人肩を竦めると、そんな馬鹿げたことを考えている暇《ひま》はないのだと、相変わらず無言でいるジェイクに対し、別れの言葉を告げようと口を開いた。

『急な話で申し訳ない。ペットシッターが明日にも回復することを祈ってる』

それでは、と田崎がドアを開けようとしたとき、背後でキャンキャンという鳴き声がしたかと思うと、物凄い勢いでミミィが駆けてきた。足下にまとわりつく子犬はあたかも、田崎との別れを惜《お》しんでいるようである。

「………」

田崎は感傷的な気持ちを胸に、甘えてくる子犬を見やったが、ふと、先ほどのジェイクの言葉を思い出し苦笑した。

子犬は別れを惜しんでいるわけではなく、田崎がドアを開こうとしているのに気づき、散歩に連れ出してもらえると勘違いしているだけだろう。子犬にそんな情緒があるわけがない、と田崎は子犬を無理矢理抱き上げると、自分がドアを出るまでの間抱えていてもらおうとジェイクを見やった。

『悪いがちょっと抱いていてくれないか』

『レイ』

と、ようやくジェイクが口を開いた。田崎が子犬を渡そうとしていることは気配から察しているだろうに、手を出そうともせずその場で立ち尽《つ》くしたまま、名を呼びかけてくる。

『なんだ？』

この期に及んで、明日からの散歩をなんとかお願いできないか、などと頼んでくるつもりではないだろうな——田崎の頭に浮かんだのはその考えだった。

「あっ」

注意が逸れたためか、田崎の腕の中からミミィが暴れて飛び出し、部屋の奥へと駆けていく。

今度はそちらへと注意が逸れていた田崎は、横から響いてきたジェイクの言葉にはっとし、言葉を失った。

『銃を持っているね。誰かを殺しに行くのかい?』

「…………っ」

盲目であるのに、なぜ自分が銃を携帯しているとわかるのか——そのことに驚いたあまり絶句してしまったが、すぐに田崎は我に返ると笑ってジェイクの言葉を否定した。

『銃など持っていないし、誰も殺しになど行かない。悪い冗談だ。それじゃあ』

そのまま田崎は踵《きびす》を返しドアを出ようとした。が、ドアを開くより前に彼は、背後からジェイクに抱き締められていた。

『おいっ』

突然なんだ、と田崎は背後を振り返ろうとしたが、身体はしっかりとジェイクの胸に抱き込まれ、首しか動かすことができなかった。

『離せ。一体なんのつもりだ』

抗《あらが》ってもジェイクの腕は緩《ゆる》まず、ますます強い力で抱き締めてくる。細身ではあるが腕力は人並み以上であるという自負が田崎にはあった。柔道も有段者である。が、ジェイクの腕はその彼をもってしても少しも緩むことがなく、圧倒的な力の差を田崎に知らしめていた。

米国軍人とは、こうも豪腕《ごうわん》なのか。それとも彼が特別か、と狼狽《ろうばい》しつつも田崎はジェイクを怒鳴りつけ、彼から逃れようとした。

『離せと言っている！』

『いやだ』

田崎は全力で抵抗しているというのに、ジェイクは余裕で彼を押さえ込み、髪に顔を埋めている。『抱擁《ほうよう》』というに相応しいその抱き方になぜかいたたまれなさが募り、余裕の欠片もない声で田崎が、

『離せ！』

と叫んだその耳に、ジェイクの低い声が響いた。

『君が死ぬつもりだとわかっているのに、どうして離せると思う？』

「な……っ」

またも図星を指され、絶句してしまった田崎の耳元で、ジェイクが囁き続ける。

『命を粗末《そまつ》にするのは愚《おろ》かな人間のすることだ。君は少しも愚かではないのに、なぜ死に急ぐ？　つまらないことで命を落とそうとしている君を、僕は見過ごすことはできない』

『黙れ！　お前に何がわかる！』

いつにない動揺と、加えていくら抵抗しても自由を得られないもどかしさが、田崎を珍しく興奮させていた。

普段、滅多なことでは感情を露わにしない田崎とは思えぬ怒声を張り上げたというのに、ジェイクは臆《おく》するどころか、なんと、暴れる彼の隙《すき》を突きその場で抱き上げた。

「おいっ」

思わぬ高さに狼狽した田崎の口から漏れたのは日本語だった。ジェイクは犬たちのいるリビングには向かわず、階段を上っていく。

『下ろせ！　下ろすんだ！』

ここが階段でなければ強引にジェイクの腕から逃れるところを、落ちたときに大怪我《おおけが》をする恐れがあるかと思うと、そう激しくも動けない。それを見越しているかのようにジェイクは田崎の怒声を聞こえないかのように無視し、まるで目が見えているかのようなしっかりした足取りで階段を上りきった。

そのまま目の前の開いていた扉を抜け入った室内は、どうも彼の寝室のようだった。広々とした部屋の真ん中にキングサイズのベッドが一台置いてあるのみというシンプルな内装だった。

ジェイクは真っ直ぐにベッドに進むと田崎をそのベッドに落とし、彼が起き上がろうとするより前に覆《おお》い被《かぶ》さってきた。

『何をする！』

唐突なジェイクの行動にさすがの田崎も慌てた。ジェイクの胸を押しやろうとした両手を捕らえられ押さえ込まれたときには、彼の動揺は更に増し、普段の彼を知る者がこの光景を見たら信じがたいと思うであろう行為を——悲鳴のような声を上げていた。

『離せ！　一体何をする気だ!!』

『言っただろう？　君を死なせたくないと。そのためには僕の腕の中に留《とど》めておくしかないと、そう思ったのさ』

言いながらジェイクがゆっくりと顔を近づけてくる。まさか、と思いつつ田崎は彼から顔を背《そむ》けたのだが、ジェイクの狙いは田崎思うところの『まさか』そのものだった。

気配だけでわかるのか、田崎がいくら顔を背けようとも、ジェイクの唇《くちびる》は正確に田崎の唇を追い駆け、塞《ふさ》いでくる。

「……っ」

唇が触れた瞬間、田崎はジェイクがこれから何をしようとしているのかを察し、慄然《りつぜん》とした。ジェイクは自分を抱こうとしている。寝室へと連れ込まれたときから、もしやという疑いを抱いてはいたが、そうであってほしくないという願望が強く、まさか、とその疑いを退けていたのだった。

普段のジェイクの言動からは、彼がゲイであるとはまったく推察できなかった。それ以上に、こうして人を組み敷き陵辱《りょうじょく》しようとする凶暴性は欠片も見えなかったというのに、このような本性を隠し持っていたとは、と田崎は閉じた唇を開かせ強引に舌を口内へとねじ込んでくるジェイクを見上げたが、やはりサングラスに隠された彼の表情を見ることはできなかった。

田崎の舌を求め、ジェイクの舌が、まるでそれ自体に意志のある生き物のように口内を舐《ねぶ》りまくる。捕らえられてなるものか、と縮こませていた舌を易々《やすやす》とジェイクは見つけると無理矢理に絡めようとしてきた。

舌の表面にジェイクのざらりとした舌を感じたとき、これ以上好きにさせてなるものかという思いから田崎は己の舌を噛《か》むのも恐れず思い切り歯を立てていた。

『痛っ』

ジェイクが悲鳴を上げ、身体を起こす。この隙に、と田崎は彼の下から逃げようとしたが、悲鳴を上げながらもジェイクの手はしっかりと田崎の両手を摑んでいた。

『君はなかなか乱暴だな』

やれやれ、といわんばかりに溜め息をつき、ジェイクが見えない目で田崎を見下ろす。彼の唇の端に血が滲んでいることから、相当な痛みを覚えたに違いないのに、怒っている様子はなかった。

『僕は乱暴なことは好まない』

だが次に彼が取った行動は、その言葉とは裏腹のもので、やはり彼は怒っているのかという思いを田崎に抱かせた。というのもジェイクは片手で田崎の両手を捕らえ直し、空いた右手で手早く田崎のネクタイを外すと、それで彼の両手首を縛り上げてきたのである。

『よせ！』

手の自由を奪ったあとジェイクは田崎の上着のボタンを外して前を開かせようとしたが、上着の下に田崎が銃を装着したホルスターをはめているのに、ヒュー、と口笛を吹いた。

『危ないから外しておこう』

相当銃の扱いに慣れているのか、まるで目が見えているかのような素早さで、ジェイクがホルスターから銃を引き抜く。

『やめろ!!』

撃《う》たれる、と思ったわけではない。銃を奪われるなど、警察官としてあるまじき失態を犯した己に対し、自己嫌悪という言葉では足りないほどの嫌悪感を抱いてしまった、それが田崎の悲痛な叫びの理由だった。

その悲痛さとは裏腹に、ジェイクは田崎の銃をいかにも軽々しく扱った。放り投げこそしなかったものの、片手で摑んだそれを無造作にサイドテーブルへと下ろすと、それきり銃に対する興味は失せたかのように、再び田崎の服を脱がせ始めた。

器用にシャツのボタンを外し、続いて田崎のベルトに手をかける。

『やめろ！　やめないか！』

下着ごとスラックスを下ろされ、まず下肢が裸に剝《む》かれた。田崎は縛られた両手を振り回し抵抗しようとしたが、その手を左手で捕らえると、ジェイクは田崎の下着代わりのTシャツを捲《まく》り上げ、胸に顔を埋めてきた。

「やめ……っ」

片方の乳首に生暖かい感触を得たと同時に、もう片方を指先で強く摘《つま》まれる。そのとき田崎の身体に思わぬ変化が訪れた。

「……な……っ」

びく、と身体が震え腰のあたりから、ぞわ、とした感覚が背筋を這《は》い上る。そんな反応にぎょっとし身を竦ませた田崎の乳首をまたジェイクの指が摘み上げた。

「……っ」

またも、びく、と身体が震え、ぞわぞわとした何かが肌を覆う。その感覚はジェイクが舌先でもう片方の乳首を転がし始めたのに、更に広がり増していった。

ざらりとした舌が田崎の乳首を覆い、舐る。舌が上下するうちに乳首は硬く勃ち上がり、より刺激に鋭敏になっていくように感じられた。

指先で弄《いじ》られ続ける乳首もすっかり勃ち上がっていた。きゅうと摘まれたあと、今度は親指の腹でまるで肌に練り込むかのように擦られる。かと思うともう片方に今度は軽く歯を立てられる、といった具合に、間断なく乳首を責められるうちに、次第に田崎の息は上がり、身体は熱く火照《ほて》ってきた。

「……くっ……」

信じられない――己の身体の反応に、田崎は呆然《ぼうぜん》としてしまっていた。今まで北原や副島に何度と数えきれぬほど抱かれてきたが、その行為に一度として田崎は性的興奮を覚えたことがなかった。

行為を与える相手に対して嫌悪感しか抱いていない上、行為自体が田崎にとって屈辱《くつじょく》でしかなかったため、男同士のセックスから今までは苦痛のみしか得られなかったというのに、今、肌を覆うこの感覚は、そして体内を熱するこの焔《ほむら》は、自身が感じる欲情に他ならないという事実が田崎を愕然《がくぜん》とさせていた。

そんな馬鹿な、その一言に尽きた。男に胸を舐られ、弄られて欲情を覚えるなど、あり得ないことであるのに、既に自身の雄はドクドクと脈打ち形を成しつつある。唇を噛み締めていないと変な声まで漏れてしまいそうで、それもまた田崎をある意味追い詰めていた。

女のように喘ぐなど、田崎にとっては何よりあり得ないことだった。アイデンティティーの崩壊といってもいい現象に、狼狽するあまり田崎は抵抗を試みることすら忘れていた。

勃起はすぐにジェイクに知れたらしく胸を舐っていた彼の舌が腹を滑《すべ》り下肢《かし》へと下りてゆく。いつしか田崎の手首を押さえ込んでいたジェイクの手は外れていた。身体ごと下へと移動した彼が両手で田崎の両脚をしっかりと固定し、勃ちかけた雄が彼の口へと含まれた。

「……やっ……」

熱い口内を感じた瞬間、口から堪えきれない声が漏《も》れ、田崎をはっとさせた。慌てて唇を噛み締め、尚も漏れそうになる声を堪えねばならぬほどの急速な昂《たか》まりが今、田崎を襲っていた。

「……くっ……うっ……」

ジェイクの口淫は巧《たく》みとしかいいようがなかった。今まで田崎にフェラチオの経験がなかったわけではない。付き合っていたともいえない関係の女性とのセックスでもされたことがあったし、北原や副島との行為の最中にも、彼らが戯《たわむ》れに田崎の雄を咥《くわ》えることはあった。

が、ジェイクが田崎の雄に与える刺激は、それらとはまるで比べものにならないほど、田崎の欲情を煽り立てていた。力を入れた唇で竿《さお》を締め上げながら喉《のど》の奥まですべてを収めきったあと、またゆっくりと竿を口から出し、先端のくびれた部分に舌を絡ませる。その舌は更に先端へと向かい、硬い舌先が尿道を抉《えぐ》ってきたとき、田崎はまたも耐《た》えられず、声を漏らしてしまった。

「あっ……」

滴《したた》る先走りの液をジェイクが音を立てて啜《すす》り、またゆっくりと雄を口内へと戻してゆく。再び口から出されたそれに舌が絡まり先端を刺激されたとき、田崎は達してしまいそうになり、腰を引いて射精を堪えた。

いつしか田崎の目はぎゅっと閉じられていた。欲情に悶《もだ》える自身の身体を見たくなかったためだが、そのせいで次にジェイクが取ろうとしていた行動に気づくのが遅れた。

先走りの液が滴り落ちる、その竿を掴む指を感じた。指はすぐに雄を離れ、そのまま田崎の雄はジェイクの喉の奥へと呑み込まれていったが、同時にずぶりと後ろに何か挿入《そうにゅう》されてきたのに、田崎ははっとして目を開けた。

挿入されてきたのは先ほど田崎の雄を一瞬だけ握ったジェイクの指だった。直前の行為の意味は、指を湿《しめ》らせて挿入をスムーズにするためであったと悟《さと》ったときには、その指は田崎の中をあたかも何か確かめるように、ゆっくりと蠢《うごめ》き始めていた。

「……っ……」

今まで得たことのない、不思議な感覚に田崎は陥っていた。ジェイクの指が動くたびに、悪寒《おかん》によく似た何かが背筋を上る。気持ちが悪いような、でもそうといいきれないような、わけのわからない感覚を後ろに感じ、相変わらず巧みな口淫で前を責められるうちに、田崎の身体はまた新たな変化を迎えることとなった。

「……え……」

田崎の中を探るように蠢いていたジェイクの指が、入り口近くの何かに触れたとき、一瞬ふわりと身体が浮くような感じがした。体感したことのないその感覚に、田崎の口から戸惑いの声が漏れる。その声が耳に届いたのか、ジェイクの動きは一瞬止まったが、次の瞬間には彼の指は今、圧《お》したところを重点的に刺激し始めた。

「な……っ……」

同時にジェイクの口の動きも活発になる。いきなりなんだ、と驚きを感じる暇もなく田崎は、前に、そして後ろに与えられる強烈な刺激に、一気に快楽の頂点へと導かれていった。

「嘘だ……っ……あっ……」

雄を舐られながら、後ろをいつしか二本に増えていた指でかき回される。前後を同時に責められる行為が及ぼす強烈な快感に、今まで喘《あえ》ぐのを堪えて噛み締められていた田崎の唇は解《ほど》け、己の身体の変化についていかれず狼狽する心情と共に、快楽を物語る喘ぎが次々と漏れていった。

「よせ……っ……違う……っ……あっ……あっ……」

快感を得ている事実を否定する言葉が、高い喘ぎに空《むな》しく呑《の》み込まれていく。後ろで感じるという体験を田崎はしたことがなかった。男には前立腺《ぜんりつせん》があるので、アナルセックスでも快感を得られるという知識は田崎も持っていたが、実際そのような『快感』を得たことがないゆえ、その『知識』も絵空事なのではないかと考えていた。

だが今、田崎はまさにそれを体感していた。長いジェイクの指に前立腺を刺激され、昂まりに昂まりまくっていた。

「あっ……あぁっ……あっ……あっ……」

遠いところで、高く喘ぐ声がする。それが速まりすぎた鼓動《こどう》が耳鳴りのように頭の中で響いているために微《かす》かに聞こえることとなった己の声であるという自覚は、そのときの田崎からはまるで失われていた。

「あぁっ……」

乱暴なほどの勢いで蠢いていた指が一気に抜かれる。同時に雄を舐っていた舌もすっと引いていき、快楽の最中、一人取り残されたような気になった田崎は、反射的に閉じていた目を開いた。

「……あ……」

視界に、今、まさに自身の両脚を抱え上げ、ジーンズのファスナーの間から出した怒張した見事な雄を、後孔へと押し当ててきたジェイクの姿が映った。

『力を抜いて』

ジェイクは田崎が目を開くのを待っていたかのようにそう告げると、田崎の両脚を抱え直し、雄の先端をそこへとめり込ませてきた。

「……くっ……」

苦痛を予測した田崎の目が閉じられ、口から呻《うめ》きが漏れたのは、今までの経験上、辛くなかった試しがなかったためだった。

北原や副島の雄は、ジェイクほど太くない。なのにあれほどの痛みを覚えるのだ。痛くないわけがない、という田崎の予測は、しかし外れた。

「……え……」

ずぶずぶと、面白いようにジェイクの雄がゆっくりと自身の中に呑み込まれていく。太い楔《くさび》を打ち込まれているような違和感はあったが、いつも感じる痛みがまるでないことに戸惑い、つい目を上げた田崎の視界に、紅潮《こうちょう》した頰《ほお》をしたジェイクの端正な顔が飛び込んでくる。

『君の中は最高だ。ぐいぐいと僕を締め上げてくる。堪えていないと今にも達してしまいそうだ』

「…………」

興奮しきった口調でそう告げたジェイクに対し、田崎は答える言葉を持たなかった。欲情に潤んだ彼の瞳を見上げるうちに、なんとも説明できない感情が田崎の胸に芽生える。

『動くよ』

無言の田崎にジェイクはそう宣言すると、再び田崎の両脚を抱え直し、ゆっくりと腰の律動を始めた。

「……っ……」

ジェイクの雄が抜き差しされるのに従い、摩擦熱《まさつねつ》で内壁が焼かれ、堪らないとしかいいようのない感覚が田崎の中に芽生えた。自然と腰が捩《よじ》れそうになるのを、ジェイクはがっちりと彼の両脚を抱えて制し、腰を打ち付けてくる。

律動のスピードが上がるにつれ、田崎の中の『たまらない感覚』は増大していった。鼓動は速まり、肌は熱していく。やがて二人の下肢がぶつかるときに、パンパンと高い音が立つほどの勢いでジェイクが突き上げてくる頃には、田崎の身体はすっかり熱を帯び、唇からは堪えきれない高い声が漏れていた。

「あっ……あぁっ……あっあっあっ」

摩擦熱で焼かれた内壁だけではなく、今や田崎の体中が滾《たぎ》るほどの熱を発していた。吐く息も、肌の下を流れる血液も、脳まで沸騰《ふっとう》しそうなほどの熱を感じる彼の意識は最早朦朧《もはやもうろう》としており、今、自身がどのような状況に置かれているかということすらまったく把握できていない状態だった。

「もうっ……あぁっ……もうっ……」

延々と続くジェイクの突き上げにより、延々と絶頂状態に陥らされ、息苦しくなるほどに喘ぎ続けていた田崎の口から、最早限界、という言葉が漏れる。次の瞬間、彼の頭の上で、くすりと笑う声がしたと同時に片脚が離され、爆発しそうになっていた雄が掴まれた。

「アーッ」

そのまま一気に扱《しご》き上げられたせいで、田崎は一段と高い声を上げて達し、白濁《はくだく》した液を辺りにまき散らした。

『……ウ……ッ』

ほぼ同時にまた、頭の上でジェイクの声が響き、後ろにずしりとした重さを感じる。

「…………」

整わない息の下、霞《かすみ》が晴れるようにそれまで朦朧としていた意識が戻りつつあった田崎が、薄く目を開く。

『……レイ……』

途端に目に飛び込んできたジェイクの端正な顔を見たときにも、田崎は未だ己の置かれている状況をはっきりと把握できずにいた。

『最高だ。もう一度、いいだろう？』

それゆえ、ジェイクがそう尋ねてきたのに、何を『もう一度』なのかわからず首を傾げたのだが、それをジェイクは勝手に『了承』と取ったらしく、やにわに身体を起こすと田崎の両脚を高く、それこそ背中がシーツにつかないほどに高く抱え上げ、またもゆるゆると腰を前後し始める。

「……あ……」

そうなってようやく田崎は『もう一度』の意味を察したのだが、口から拒絶の言葉が放たれることはなかった。鎮《しず》まりかけていた欲情の火種が身体の中で一気に燃えさかりはじめたためである。

「あっ……あぁっ……あっ……あっ……あっ」

驚異的な回復力をみせたジェイクが、またも田崎を激しく突き上げる。彼の逞《たくま》しい雄に翻弄《ほんろう》され、早くも高く喘ぎ始めた田崎の意識は、再び滾る欲情に呑み込まれていき、アイデンティティーの崩壊とまで考えていた高い喘ぎを室内に響き渡らせることとなった。

7

「ん……」

物凄く淫猥《いんわい》な夢を見た気がする、と思いつつ田崎はベッドの中でゆっくりと目を開けようとし——。

ぺろり、と顔を舐《な》められ、ぎょっとして起き上がった。途端に、キャンキャンと己に飛びついてきた子犬を——ミミィを前にする田崎の頭に、昨夜の記憶が怒濤《どとう》のように蘇る。

ジェイクの愛撫《あいぶ》に翻弄され、彼の力強い突き上げに身悶えた挙げ句、最後には失神してしまった。そんな現象が己の身に起こったとはとても信じがたい、と、思うのだが、ミミィが飛びついてきた裸の胸にこれでもかというほど散っている紅い吸い痕《あと》や、腰に残る倦怠感《けんたいかん》が、決して夢などではないと田崎に知らしめていた。

しかしなぜ、こんなことになってしまったのか、と、ぺろぺろと田崎の頰や唇を舐めるミミィの背を無意識のうちに撫でていた田崎の口から溜め息が漏れる。

夜にこの家を訪れたのはただ、今後犬の散歩ができなくなると伝えにきただけのはずだった。それなのに、とミミィの背を撫でていた田崎は、彼がこうもまとわりついてくるのは、その『散歩』に行きたいのだろうと察した。

この部屋のカーテンは遮光性のものではないようで、外は既に日が高く昇っているようである。散歩か、と、相変わらずぺろぺろと顔を舐めるミミィを見下ろしていた田崎は、はっと我に返り、子犬をシーツの上へと下ろすと、上掛けを跳ね上げベッドを下りようとした。

「キャンキャンキャン」

背中で吠える子犬を無視し、辺りを見回し自分の服を探す。田崎がそうも慌てているのは、本来なら機上の人になっているべきであるということを思い出したためだった。

だがどこを見回しても服はない。服以上に探しているものが田崎にはあったが、それもまたベッドの周辺には見あたらない。

「キャンキャン」

動き回る田崎に、遊んでいると勘違いでもしているのか、子犬がまとわりついてくる。これ以上ないほどの焦燥《しょうそう》に駆られているところをやかましく鳴き立てられ、堪らず田崎が子犬を怒鳴ろうとしたそのとき、バリトンの美声が室内に響いた。

『ようやくお目覚めかい？』

笑いを含んだその声の主は言うまでもなく、昨夜田崎をさんざん喘がせ失神させた男、ジェイクだった。

『貴様……っ』

濃いサングラスの下、楽しげに微笑む彼の顔を見る田崎の胸に、怒りの焔が立ち上る。

『朝食の用意ができたので起こしに来た。食べる前にシャワーを浴びるかい？』

取り殺しそうな勢いで睨み付けている田崎の表情が見えていないためか、ジェイクは上機嫌な口調でそう言うと、手にしていたガウンを、ほら、とばかりに田崎に差し出してきた。

『コハルさんには目の毒だろうからね』

『ふざけるなっ』

悪戯《いたずら》っぽく笑うジェイクの手から、ガウンを叩き落とす。滅多に怒りを露《あら》わにすることがない田崎が珍《めずら》しくも怒声を張り上げたというのに、ジェイクは彼の怒りを綺麗に無視した。

『浴室はこっちだ』

『ふざけるなと言っている』

そのまま田崎の前を横切るようにして部屋の奥へと進もうとするジェイクの肩を田崎は摑み、彼に足を止めさせた。

『どうした？』

ジェイクが不思議そうに田崎に尋ねる。

『私の服はどこだ。それから……』

拳銃は、と問おうとした田崎の声に、ジェイクの明るい声が被さった。

『シャツや下着は洗濯中だ。スーツはコハルさんがプレスしてくれている。勝手なことをして悪

かったね』

さあ、こっちだ、と、ジェイクは尚も田崎を浴室へと導こうと歩き出す。彼の足を止めるため、再び田崎はその肩を摑んだ。

『なんだい？』

『拳銃は？』

この問いを発するのに、田崎は非常に葛藤《かっとう》した。問えば不注意から拳銃を奪われたことを自ら肯定することになる。

それでも聞かないわけにはいかず問いかけた田崎に、ジェイクは見えない目を向け、にっこりと笑い返した。

『隠した』

『なんだと⁉』

ふざけたジェイクの物言いに、今度こそ田崎は激昂した。

『ふざけるな！　早く銃を出すんだ！　今すぐ‼』

「キャンキャン、キャンキャン」

室内に響き渡る田崎の怒声に、今度は子犬の鳴き声が重なった。子犬の目には険悪な雰囲気を湛《たた》えている田崎とジェイクの二人が、それこそ大きな声を上げてふざけ合っているとでも映っているようで、自分も混ぜろとばかりに、キャンキャン、ワンワンと二人に順番にまとわりつく。

『わかった、わかったよ』

ジェイクは田崎の言葉は無視したが、二本足で立ち上がり吠えまくりながらも甘えてくる子犬には実に優しく応対していた。

『散歩は朝食をとり終えてから連れていってあげるよ。ねえ、レイ』

『誰がっ』

行くか、と田崎はジェイクを睨み、すぐに服と拳銃を出せ、と詰め寄ろうとした、それを見越したのだろう、ジェイクが『わかった』と両手を挙げる。

『わかったからまず、シャワーを浴びてきてくれ。慌てたところで、君が乗るはずだった飛行機はもう、空の上だろう?』

『うるさい！　いいから服を……っ』

出せ、という田崎の怒声を、ジェイクの人を食ったような声が遮る。

『ともあれ、早くシャワーを浴びてくるといい。君も浴びたいはずだよ』

『誰がっ』

怒鳴りはしたが、実際、汗に塗《まみ》れた身体を洗いたい願望は田崎も持っていた。几帳面《きちょうめん》な外見を裏切らない綺麗好きの彼にとって、昨夜の行為の名残《なごり》が肌に残っている今の状態は不快ではあったが、かといってジェイクの指示どおりに動くのは癪《しゃく》に障《さわ》った。

『こっちだ』

怒鳴る田崎を無視し、ジェイクがキャンキャンと騒ぐ子犬と共に部屋を突っ切りバスルームと思《おぼ》しき場所へと進んでいく。

「………」

もとより田崎は感情より理性で動くタイプだった。ジェイクの理不尽《りふじん》とも言うべき勝手な振る舞いに、はらわたが煮えくり返っていたが、怒りのままに彼を怒鳴り続けたところで、ジェイクの態度は変わらないと判断する。

この状況下、時間は有効に使うべきだと、田崎は渋々ジェイクの後に続きバスルームへと進んだ。

『それじゃあ、またあとで』

バスタブには既に湯が張ってあった。田崎のためにタオルやバスローブも用意されている。ジェイクは田崎を振り返り、にこ、と笑ってそう告げると、子犬と共にバスルームを出ていった。

「………」

キャンキャンと吠える子犬の声が次第に遠ざかっていくのを聞くとはなしに聞いていた田崎の口から溜め息が漏れる。

だがすぐに彼は、溜め息などついている場合ではないと気づき、バスタブへと近づいていった。

浸かった湯は適温で、今度田崎の口からは心地よさを物語る溜め息が漏れた。倦怠感の残る身体が解《ほぐ》れていくと同時に怒りも和らぎ、普段の思考力が戻ってくる。

すぐにもこの家を出て、自宅に戻る。旅装を整え成田空港へと向かい、可能な限り早い時間の飛行機で香港に飛ぶ。

身辺整理を完璧にしてから旅立つつもりだったが、その余裕はなくなった、と舌打ちする田崎の胸に再び怒りが立ち上ってくる。

本当になぜこんな状況に陥る羽目になったのか。親切心が徒《あだ》になるとはこのことだ。少しでも予測していれば、昨夜訪れはしなかったものを、予想外にもほどがある、と怒りのままにまた舌打ちした田崎の脳裏に、ジェイクの人懐っこい笑みが浮かんだ。

あの笑顔に騙《だま》された。そして目が不自由だというハンディキャップにも、と、頭を振って浮かんだ笑顔を振り落とそうとした田崎の、今度は身体に、ジェイクの腕の感触が蘇ってきた。

「……っ」

肌を滑る彼の掌《てのひら》の感触が、乳首を舐るざらりとした舌の感触が、次々と田崎の身体に蘇ってくるのに、堪らず田崎は両手で掬《すく》った湯でザバザバと顔を洗うと、そのままバスタブを出てシャワーの下に立った。

勢いよく迸《ほとばし》るシャワーの湯に頭を突っ込み、今浮かんだばかりの映像やら感覚やらを洗い流そうとする。が、目を閉じているとますます鮮明にそれらの記憶が肌に蘇ってきてしまうことに気づき、彼は手早く髪と身体を洗うと早々に浴室を出た。

今はくだらないことを思い出している暇はない。ジェイクから拳銃や衣服を取り戻し、一刻も早く香港へと向かう、そのことだけを考えればいい。このような当たり前のことを自身に言い聞かせねばならないとは、と自己嫌悪に陥りながらも、バスローブを羽織《はお》り、ジェイクに直談判《じかだんぱん》するべく彼の待つ階下の食卓へと向かった。

『やあ』

リビングダイニングに田崎が入っていくと、気配で察したのかジェイクが明るく声をかけてきた。

「…………」

室内には彼一人しかいない。キッチンにも人のいる気配はなく、小春がいるという話ではなかったか、と田崎は周囲を見回した。

『コハルさんはミミィに辟易《へきえき》して帰ってしまった。なので給仕は君に頼むしかないんだが』

申し訳ないね、とジェイクが本当にすまなそうな声を出す。謝罪すべきは他のことだろう、と田崎はむっとしつつ、厳しい声を出した。

『断る。すぐ服と拳銃を返すんだ』

『レイ、一つ提案があるんだが』

ジェイクは今回も田崎の言葉を綺麗に無視し、逆に彼に話しかけてくる。

『返せと言っている』

田崎も負けじとジェイクの言葉を無視し、己の主張を繰り返したのだが、続くジェイクの言葉があまりに聞き捨てならないものであったため、思わず反応してしまったのだった。

『君の服や拳銃は必ず返す。その代わり、今日一日、君の時間を僕にくれないか?』

『なんだと?』

人の物を隠したくせに、交換条件を出すとは何事だ、という怒りから声を荒らげた田崎とは裏腹に、穏やかな笑みを浮かべたジェイクが同じ内容の言葉を繰り返す。

『今日は僕と一緒に過ごしてほしい。そうお願いしているんだ。君が乗るはずだった飛行機は既に成田を発っている。どうせチケットを取り直すのなら、いっそのこと出発を明日に変更してくれないか?』

『馬鹿なことを言うな。できるわけがないだろう』

図々しい——という以上に、あり得ないとしかいいようのない申し出に、怒りを通り越して田崎は呆れてしまっていた。

答えてから、もしやジェイクの一連の発言は冗談のつもりだったのか、と考える。冗談でなければ言うはずのない、馬鹿げた提案だという田崎の読みは外れ、ジェイクはどこまでも真剣に田崎をかき口説《くど》き始めた。

『馬鹿でもなんでもいい。頼む、君の一日を僕にくれ。なに、一緒に過ごしてくれるだけでいいんだ。無茶なお願いはしないと約束するよ』

『その「お願い」自体が無茶なんだ』

まさか本気だったのか、と更に呆れながらも田崎が言い捨てる。だがいくら呆れてみせたところで、ジェイクの態度は一貫していた。なんとしてでもイエスと言わせるつもりであるジェイクとの会話を、次第に田崎は面倒に感じるようになっていった。

『たった一日だ。長い人生のうちで、一日くらい、のどかに過ごすのもいいものだと思わないか？』

『別に思わない』

『過ごしてみなければわからないだろう』

「………」

ああ言えばこう言う。この先議論を続けていても平行線を辿るのは目に見えている、と田崎は抑えた溜め息を漏らす。

同僚や部下に連絡を取り、実力行使に出るという方法もなくはない。が、表沙汰《おもてざた》にすれば、拳銃を奪われたという警察官としての最高の恥辱《ちじょく》が明らかになる上に、なぜ奪われることになったのか、その経緯も詮索《せんさく》されるだろう。何よりその拳銃の用途を——北原の命で香港へ向かう、その目的を知られるわけにはいかない。

どうするか、と田崎は、にこにこと余裕の笑みを浮かべ己を見返しているジェイクを睨んだ。

暫し、沈黙のときが流れる。

『わかった。譲歩しよう』

ジェイクが降参、というように両手を挙げたが、彼の言う『譲歩』は田崎にとっては、それで譲歩したつもりか、と呆れるものだった。

『今日の夕方まで、共に過ごしてくれればいい。それならいいだろう？』

「…………」

いいわけないだろう、と田崎は言い返そうとしたが、これからまた平行線の会話が繰り返されるに違いない状況を思い、口を閉ざした。

香港への最終便は確か、午後七時前には成田を発つ。夜遅くはなるが、今日中に香港入りできるのなら、その『譲歩』で手を打つのがこれ以上無為な時間を過ごさずにすむ最良の選択ではないか——田崎はそう結論を下した。

『……午後四時にはここを出る』

仕方がない、と溜め息をつきつつ、田崎はジェイクを睨んだまま確認を取る。抱いている苦々しい思いそのままの苦々しい表情をしていた田崎とは裏腹に、ジェイクはぱっと明るい笑顔になると、椅子から立ち上がり田崎に向かって右手を差し出してきた。

『申し出を受けてくれてありがとう。嬉しいよ』

『……受けたくて受けたわけじゃない』

思わず田崎の口から悪態が漏れたのは、服と銃を人質にとるなど、脅迫めいたことをしておいて、あたかも自分が好意から引き受けたとでもいうかのようなジェイクの言い草に半ば呆れ、半ば腹立ちを覚えたためだった。

『それでもいい。君と過ごせるのだからね』

不機嫌極まりない声で告げたその悪態をジェイクは笑って流すと、改めて田崎に声をかけてきた。

『悪いが、朝食の給仕を頼めるかな？ 用意はすべてコハルさんがしてくれているはずだ。あとはトーストを焼き、スープを温めるくらいかな』

『……わかった』

まったく、なんの因果《いんが》で、この図々しいとしかいいようのない指示に従っているのだか、と田崎はあからさまに溜め息をつきつつも、言われたとおりトーストを焼きにキッチンへと向かったのだった。


朝食を終えると田崎とジェイクは犬の散歩へと出かけた。外に出るためにと、ジェイクは田崎に新品の下着と、おそらく彼のものだと思われるトレーニングウエアを貸してくれた。

スポーツをするとき以外に田崎がトレーニングウエアを着用することはない。オフのときにも比較的硬い格好をしているというのに、平日の昼日中にサイズが合わないトレーニングウエアに身を包み、また、整髪剤が見あたらなかったので、いつもは上げている前髪を額《ひたい》に垂《た》らしている自分の姿を鏡《かがみ》で見た田崎はなんとも違和感を持ったが、これも午後四時頃までの辛抱《しんぼう》だと鏡から目を逸らせた。

散歩の最中、子犬のミミィは相変わらずはしゃぎまくり、田崎にまとわりついては彼の歩行の邪魔をした。

『こら、ミミィ』

ジェイクが窘めるのもどこ吹く風とばかりに暴れ回っていたミミィに疲れ果てていた田崎は、いつものように川辺の公園で休憩を取らせてもらうことにした。

『母犬の言うことはよく聞くくせに』

キティと二匹、仲良く遊んでいる姿を眺めていた田崎の耳に、ジェイクの溜め息混じりの声が聞こえる。吠え方でわかるのだろうか、と田崎が彼の濃いサングラスを見やったのも気配でわかったのか、ジェイクもまた田崎へと視線を向けてきた。

『レイ、なんだい？』

『いや、よくわかるなと思っただけだ』

言ってから田崎は、しまった、と口を閉ざした。目が見えないというハンディキャップに触れてしまったと思ったからなのだが、それもまたジェイクには通じたのか、気にするな、というように微笑み首を横に振り、口を開いた。

『聴覚だけでも不思議とわかるものだよ。ミミィが君にとても懐いているのもわかる』

『いや、懐いてはいないだろう』

まったく感じない、と言う田崎にジェイクがまた、首を横に振る。

『言うことを聞かないのは甘えてる証拠さ。君にかまって貰いたいんだよ』

『舐められているとしか思えないが』

実際、田崎にはそうとしか感じられなかったが、ジェイクはあくまでもミミィは田崎に懐いていると主張した。

『甘えているだけさ』

『どうだか』

いつものように、意味があってないような会話が二人の間で続く。本来であれば当然出るであろう話題をどうして二人して切り出さないのかと思いながらも田崎はジェイクと会話を続けていた。

本来出るべき話題とはすなわち、昨夜二人の間でなされた行為についてだった。なぜジェイクは自分を抱いたのか、まずはそれを尋ねるべきだと田崎自身思っているにもかかわらず、切り出すことができずにいた。

理由はその行為のきっかけにあった。ジェイクは田崎が『人を殺しに行く』と察し、それを止めようとして田崎をベッドに連れ込んだ。口で言ってもきかないからセックスで、という思考回路は田崎の理解を超えていたものの、そう推察できるだけに田崎は自分のほうからは昨夜の一連の出来事を話題にできずにいるのだった。

ジェイクが話題を出さない理由は、田崎には一つとして思いつかなかった。もしも本当に田崎の旅立ちを止めたいのであれば、どこに何をしにいくのかを、まず聞くのが自然の流れではないかと思うのに、ジェイクにその気配はなかった。

田崎がどこで何をしようが興味がないのだろうか。しかし興味のない人間をこうも強引に留め置くか？　まさか犬の散歩をさせるためだけに自分の服を隠し、拳銃を隠したわけではないだろうに、と、会話を続けながらも田崎がジェイクを窺《うかが》う。

だがジェイクは、本当にその『まさか』が正解なのではないかと思われるほどに、あまりにも普段どおりだった。

『それを証拠にミミィは昨日やってきたドクター・姫井に対しては遠巻きに見ているだけで、近寄ろうともしなかった。彼も結構ウチには来ているんだけどね』

『ドクターの身体に染みついている薬品の匂いのせいじゃないのか？　医者が好きな犬はいないと思うが』

『それが面白いことにミミィは獣医《じゅうい》が大好きなんだ。病院で薬をアイスクリームに混ぜて食べさせてもらったのがよかったらしい』

『レアケースだな』

どうでもいいような会話は続き、田崎の胸にはいつものように安らいだ気持ちが満ちてきた。

『確かにレアかもね。犬ばかりじゃない、人間だって医者好きを探すのは難しい』

『老人は病院によく集っているが』

『それと医者好きは別だろう』

あはは、とジェイクが声を上げて笑い、田崎の肩を抱く。温かな掌の感触を得た田崎の胸の安らいだ気持ちはますます増し、そのことが彼を戸惑わせた。

『ミミィは君に懐いているよ』

ジェイクが田崎の肩を抱いたまま、ぽつり、と呟く。

『そうか』

『ああ、犬は優しいからね。寂しさを抱えた人間に懐く』

ジェイクはそう言うと、ぽん、と田崎の肩を叩き立ち上がった。

『別に私は寂しさなど抱えていないが』

失われた腕をどこか寂しく感じる、そんな己の気持ちにも戸惑いながら、田崎もまた立ち上がる。

『それは結構だ』

ジェイクは田崎に向かい肩を竦めてみせると、犬たちのほうへと真っ直ぐに近づいていった。

『キティ、ミミィ、帰るよ』

声をかけた彼に向かい、まずキティが、そのあとに続きミミィが駆け寄っていく。犬たちの懐きぶりからして、君も寂しい人なのか、と田崎はジェイクをからかおうとしたが、一瞬早くジェイクが彼を振り返り、そのままの言葉を口にした。

『僕も随分《ずいぶん》、寂しい人間のようだ』

『……それは結構だ』

田崎の相槌《あいづち》にジェイクが楽しげに笑う。本当に『寂しい』人間ならこうも屈託なく笑うまい、と苦笑した田崎は、自分が笑っていることに気づき、またも戸惑いを覚えた。

今の自分に、笑えるような状況は一つもない。予定していた香港への出発が人為的要因で遅れているということは勿論、その香港で自身を待ち受けている試練を思うと、笑っている余裕などまるでないというのが彼にとっての現実だった。

なのにこうも呑気《のんき》に笑って時を過ごしている自分が、田崎には信じられなかった。緊張感《きんちょうかん》がないにもほどがある、と呆れながらも、逆に数時間後にとてつもない緊張が待っているとわかるからこそ、今は緊張から解放されていたいという無意識の願望の現れかもしれない、と田崎は自己を分析した。

「…………」

違うな、と、たった今行ったばかりの自己分析を田崎は心の中で否定する。この『安らぎ』としかいいようのない時間を自分がこのところ毎朝実感していると気づいたためである。

安らぎをもたらしてくれているのはおそらく――。

目の前で犬たちと戯《たわむ》れるジェイクを田崎は見やる。

彼と共に過ごす時間はなぜこうも心穏《こころおだ》やかに過ぎるのだろう、とその答えを求めて見つめる先では、ジェイクが子犬相手に一人奮闘《ふんとう》していた。

『こら、ミミィ。おとなしくするんだ』

リードをはめようとするジェイクの手を逃れようとミミィが辺りを駆け回る。が、田崎が「ミミィ」と声をかけると彼は「ワン！」と高く鳴き、傍らに膝《ひざ》をついた彼の胸に飛び込んできた。

『ああ、ありがとう』

しっかりとミミィを抱えている田崎にジェイクが礼を言い、首輪にリードをはめる。

『戻ろうか』

そうしてそのリードを手渡してくれたとき、ジェイクの手が田崎の手に触れた。

「………」

なぜかまた、どきりと高く胸が脈打ち、田崎の頬に血が上る。何を赤面することがあるだろう、と自身の身体の反応に田崎は呆れてはいたが、頬の紅潮はなかなか治まりをみせなかった。

帰宅してからも田崎はジェイクとともに、実にまったりとした時間を過ごした。リビングのソファに二人して並んで座り、ジェイクの友人の話や兄弟の話に耳を傾ける。

ジェイクが田崎の家族や友人の話も聞きたがったので、田崎もまた自分の両親の話をした。

『友達は？』

　尋ねてきたジェイクに田崎は、友人と呼べるような仲の人間は、学生のとき以降はできていない、と答えたあとに、これではジェイクにまた『寂しい人間』だと思われるに違いないと気づき、苦笑した。

『何を笑ってるの？』

　声は漏らしていないつもりだったが、ジェイクは敏感に気づき田崎に問いかけてきた。

『別に。「寂しい」とまた言われるかなと思っただけだ』

　なんでもない、と誤魔化すまでもないかと田崎が正直に答えると、今度はジェイクが苦笑する。

『何を笑っている？』

　田崎が問うと、ジェイクは少し困った顔になったあとに、相変わらず苦笑を湛えたまま口を開いた。

『もしや僕の言葉が君を傷つけたんじゃないかと、心配になった』

『傷つけた？　私を？』

　意味がわからない、と目を見開いた田崎に向かい、ジェイクがすっと片手を伸ばす。指先が頬に触れそうになり、反射的に身体を引いた田崎に向かい、ジェイクはまたも困ったような顔で笑うと、申し訳なさそうな声でこう告げた。

『君を寂しい人だと言ったことだ。悪気はなかった』

『別に傷ついてなどいない』

一体何を言い出したのだ、と田崎は心の底から意外に思い、ジェイクを見た。てっきり冗談を言っているのかと思っていた彼が酷《ひど》く真剣な目をしていることに、田崎の戸惑いが増す。

『僕では君の寂しさを癒《いや》すことはできないだろうか』

と、ジェイクが身を乗り出し、両手を田崎の頬へと伸ばしてきた。

『何を言ってるんだか』

苦笑し、その手をはね除《の》けようとした——はずであるのに、田崎の声は酷く掠《かす》れ、語尾は震えていた。

『レイ……』

温かなジェイクの掌に頬を包まれたとき、田崎の胸に急速に熱い何かが込み上げて、彼から言葉を奪っていった。

『レイ……』

ジェイクが再び田崎の名を呼び、頬を包む手にそっと力を込めてくる。その手を田崎の瞳から零《こぼ》れた一筋の涙が濡らしていった。

なぜ、涙が出るのか、田崎自身にもわからなかった。大の男が泣くなど恥ずかしい、気づかれたくない、と引こうとした身体を、伸びてきたジェイクの手が抱き締める。

頬に当たるジェイクの胸は、掌同様に温かかった。彼の温かな体温に、背を抱き寄せる腕の力強さに、田崎の涙腺《るいせん》は刺激され、涙が次々と込み上げてくる。

人前で泣いたことなど、物心が付いて以来なかったというのに、一体どうしたことかと半ば驚き、半ば焦《あせ》りながらも田崎は嗚咽《おえつ》を必死で飲み下し、涙を堪えようとした。が、涙はなかなか治まらず、それから暫くの間彼は、温かなジェイクの腕に抱かれ、熱いほどの体温を感じるその胸に涙の滴《しずく》を染みこませることとなったのだった。


暫くして田崎の涙が治まると、ジェイクは何事もなかったかのように彼の背に回した腕を解き、ぽん、と軽く叩いた。

『そろそろランチの時間だね』

『……ああ……』

相槌を打ちはしたが、田崎は羞恥《しゅうち》のあまり顔も上げられない状態だった。なぜ泣いてしまったのか、自分でも理由はさっぱりわからない。ジェイクはさぞ呆れているだろうと目を伏せつつもその顔をちらと見やったが、ジェイクの表情からは『呆れる』といった感情は読み取れなかった。

『ランチもコハルさんが用意してくれたと言っていた。何を食べろと言われたんだったかな』

ジェイクがそう言いながら、一人キッチンへと向かっていく。田崎もまた彼のあとに続こうとしたが、ジェイクの胸で泣いた気恥ずかしさが彼の動きを制した。

自分で自分が信じられない、と溜め息をつく田崎の耳に、ドアチャイムの音が響く。

『悪い、出てくれないか?』

キッチンからジェイクが頼んできたのに、田崎は『わかった』と答えると、まだ混乱している状態のまま玄関へと向かった。

散歩から帰ってきたときに施錠《せじょう》したドアを開こうと手を伸ばす。と、鍵《かぎ》を外してもいないというのに勢いよくそのドアが開いたかと思うと、わらわらと数人の男たちが中に飛び込んできた。

「な……っ」

誰だ、と問う暇はなかった。特殊訓練を積んでいると思しき男たちの動きは素早く、両脇を固められたかと思った次の瞬間、一人の男が繰り出してきた拳が鳩尾《みぞおち》に入り、急速に意識が遠のいていく。

『レイ?　どうした?』

遠くにジェイクの声が聞こえたが、彼に危険を告げることは既にできなくなっていた。そのまま何者かの肩に担《かつ》がれた記憶を最後に田崎の意識は途切れ、そのまま彼は気を失ってしまったのだった。

8

目覚めたとき田崎は、自分があまりにも馴染みのある場所にいると瞬時にして悟った。

「お前は一体何をしていた!!」

頭の上から降ってきた怒声にも聞き覚えがありすぎるほどにある、と見上げた先に、北原の不機嫌極まりない顔を、その横に、やはりむっとした様子の副島の顔を見出す。

田崎が連れて来られたのは、その二人によりいつも陵辱《りょうじょく》の限りを尽くされる料亭の一室だった。

両手を後ろで縛られた状態で寝転がされていた田崎の腹に、北原の蹴りが入る。

「説明しろ！　なぜお前は香港へと向かっていない？　あの外国人は誰だ？」

問うたびに北原は田崎を蹴り、容赦《ようしゃ》のないその蹴りに田崎は、息を呑むことしかできずにいた。

「説明しろ、と言っているだろう!!」

肋骨《ろっこつ》が折れたのではないかと思われるほどの力で北原が田崎の胸を蹴り、怒声を張り上げる。

「北原君、それでは喋《しゃべ》れないだろう」

と、そのとき背後から副島が声をかけてきたため、北原の蹴りはようやく止まった。北原が平身低頭し副島に詫び始めたからである。

「先生、申し訳ございません!!」

「君が謝ることでもないだろう」

副島は鷹揚《おうよう》に北原の謝罪を退けると、唇を噛み痛みを堪えていた田崎の傍らに膝をついて座り、顔を見下ろしてきた。

「田崎君、あの外国人は何者なんだ？　君はなぜあの外国人の家にいた？　香港へはなぜ行かなかった？」

「そうだ、田崎！　貴様、なぜ我々の命令を無視した！」

副島が問いかける横で、北原が顔を真っ赤にし怒鳴りつけてくる。命令には従うつもりだった、香港へ行けなかったのは不可抗力だ――事実はまさにそのとおりであり、そこに嘘は一つもない。だがなぜか田崎はその『事実』の主張を躊躇《ためら》っていた。

「近隣の住民に探りを入れたが、誰もあの屋敷に住んでいる男のことを詳しく知る者はいなかった。せいぜい盲目であることと、越してきてまだ間もないということくらいしかわからない。あの男は誰なんだね？　君の昔馴染みか？　年齢は？　職業は？」

「答えろ、田崎！」

激昂した北原の足がまた田崎の腹を蹴る。激痛に息が詰まったところをまた蹴られたが、今回は副島も北原を制することはなかった。

「香港行きを取りやめた理由はなんだ？　あの男に香港での騒ぎを聞いたのか？　それともあの

男も王の失脚に関与しているのか？」

「……っ」

足先が腹に食い込む痛みに身を固くして堪えていた田崎だったが、北原の怒声が告げた話の内容に驚いたあまり、はっとして顔を上げた。

「やっぱりそうなんだな？」

表情を変えた田崎を見た北原の怒声が高くなる。同時に今まで以上の勢いで腹を蹴られたが、痛みを覚える余裕すら今の田崎からは失われていた。

「……王の失脚？」

どういうことだ、と問い返した彼をまた北原が乱暴に蹴る。

「今更とぼけるな！　今日、香港《ホンコン》のインターナショナル・コマース・センターの竣工式《しゅんこうしき》で王《ワン》が撃《う》たれた。貴様はそれを事前に知っていたから香港へは飛ばなかったんだろう！」

怒りのままに北原が田崎を蹴る。蹴りは顔にも入り、かけていた眼鏡が吹っ飛び床に落ちてレンズが割れた。

「どうやって知った？　あの外国人か？　答えろ！　田崎！」

北原の興奮は治まらず、今度は田崎の傍らに座り込むと両手で彼の着用していたトレーニングウエアを掴み、身体を引き起こす。

「答えろ！」

がくがくと首が前後に揺れるほどの乱暴さで身体を揺すってきた北原に対し、『答え』ではなく『問い』を発すれば、逆鱗《げきりん》に触れることはわかっていた。既に肋骨は折れているか、折れてなくとも罅《ひび》が入っていると思われる。

これまで田崎は北原や副島から折檻めいた行為を受け続けてきたが、己の身体に受けるダメージを最小限のものにするべくその場その場で常に方策を考えていた。

今、北原の怒りは凄《すさ》まじく、それこそ『方策』を考えるべきであることは、勿論田崎もわかっている。わかっていて尚、定まらない視線の先、赤黒い北原の顔を見上げ、『答え』ではなく『問い』を――今、自分が最も知りたいことを尋ねていた。

「竜野……竜野真紀は……っ」

「貴様……っ」

北原の目がカッと見開かれ、額に青筋が立つ。田崎の予想どおり激怒した北原は、やにわに右手の拳を握り締めると田崎の頬を殴りつけてきた。

「貴様っ！　ふざけるなっ！」

襟元《えりもと》をしっかりと握り締め、田崎の身体を固定したまま、左右の頬を容赦の欠片《かけら》もない力で殴《なぐ》りつけてくる。

拳を受けた拍子に口の中が切れ、血が唇の端から滴り落ちる。二度、三度と殴られるうちに痛みは飽和状態《ほうわじょうたい》となり、頭の中でぼわんとした音が響《ひび》くのみとなった。

下手をすればこのまま殴り殺されるかもしれない。田崎の中に生命の危機が芽生えたが、それを回避する術《すべ》は彼の持ち得ぬものであった。

それでも田崎はなんとか口を開こうとした。王が撃たれたとなると、彼に囚《とら》われていた真紀はどうなったのか、それを知るまでは死ぬわけにはいかないと思ったためである。

頼むから無事でいてくれ——己の生命こそ危険に晒《さら》されている状態であるのに、田崎の胸にはその思いしかなかった。彼の無事をなんとしてでも確かめたい。だがそれを問おうにも北原の拳は止まらない。

「貴様！　貴様！」

殴り続ける北原の声が次第に遠くに聞こえるようになる。痛みが田崎の意識を遠のかせていたそのとき、不意に部屋の襖《ふすま》が勢いよく開け放たれた音が響き、何名もの人間が駆け込んできた気配が伝わってきた。

「なっ」

北原がぎょっとした声を上げ、田崎を離して立ち上がる。どさっと畳の上に放り出された田崎は、一体誰が入ってきたのかと自由にならない身体を捩り背後を——襖のほうを振り返ろうとした。

「大丈夫か！」

それより前に、聞き覚えのある声が響いてきたかと思うと、駆け寄ってきた男に抱き起こされる。

「…………」

驚きが勝るあまり声を失っていた田崎を心配そうに見下ろしていたのはジェイクだった。いつもかけている濃いサングラスは顔になく、青い瞳が真っ直ぐに田崎を見下ろしている。

「お前は……っ」

そのとき北原の怒声が響き、呆然としていた田崎を我に返らせた。はっとして見やった先では、北原が、そして副島がダーク系のスーツを着込んだ男たちに囲まれている。

「な……」

一体何が起こっているのだ、と口を開きかけたが、殴られた頬が痛んで顔が歪《ゆが》む。その頬をそっと覆うように手をやりながら、ジェイクが尚も心配そうに田崎を見下ろし問いかけてきた。

「大丈夫か?」

「……日本語……」

違和感を覚えた次の瞬間、田崎はジェイクが綺麗な発音の日本語を話していることを察した。どういうことだ、という疑問がぽろりと口をついて出、直後に痛みに襲われ顔を歪める。

「可哀想《かわいそう》に……」

驚く田崎を尻目にジェイクはまた日本語を発すると、いたわりに満ちた手つきで田崎の頬を覆う。

「……どういうことだ？」

頬の痛みを堪えながら田崎がジェイクに問いかけたのとまったく同じ言葉が北原から発せられた。

「おい！　これはどういうことだ？　貴様は誰だ！　なぜここにいる？」

「あの愚鈍《ぐどん》な男たちに捕らえろと命じたのに……ですか？」

北原の剣幕に圧されることなく、ジェイクはくすりと笑うと、田崎を抱えるようにして立ち上がった。そして後ろ手で縛られた縄を解きながら言葉を続ける。

「あれが精鋭《せいえい》チームだというのなら、北原警務部長の子飼いの部下もレベルが低い。チンピラだって倒せないいんじゃないかな」

「なんだと……っ？」

ジェイクの言葉に北原が、ぎょっとしたように目を見開く。彼に緊縛《きんばく》を解いてもらっている田崎もまた驚き、振り返って顔を見やった。

「ん？」

さあ、解けた、と笑ったジェイクが、どうしたのだ、というように田崎の目を覗き込んでくる。

「……お前は……誰だ？」

今度は田崎が北原と同じ内容の質問を口にしていた。流暢な日本語を操《あやつ》っている時点でジェイクは田崎に嘘をついていたことになる。嘘は『日本語ができない』ということばかりではなかった。真っ直ぐに己を捉える視線から、『目が見えない』というのも嘘であろうと推察できる。

そうも嘘を重ねているとなると、名前や米国軍人であるという経歴も嘘であるに違いない、と問いかけた田崎に向かい、ジェイクは苦笑するように笑い肩を竦めてみせたあと、すっと視線を外し室内をぐるりと見渡した。

彼の視線の先で北原がまた喚《わめ》く。

「貴様、本当に何者だっ！　ここへ来たのは誰の差し金だ？　言えっ」

「そう喚くと血圧が上がる」

本当に血圧が上がっているらしく、真っ赤な顔で喚き立てる北原に、逆に己の身元をも知られているのかと顔色を失っている副島に、ジェイクは呆れたような笑みを向けると、おもむろにスーツの内ポケットから黒い二つ折りの手帳を取り出した。

「ジェイク・西条《さいじょう》・ゲイン。ＦＢＩの捜査官だ。警察庁との交換留学で日本に来ている」

「ＦＢＩだ？」

身分写真とＦＢＩのバッジを見せられ、北原が、そして副島が驚いた声を上げる。田崎もまた、思いもかけないジェイクの身分に驚き、まじまじと手帳を見やった。

「任務は警視庁幹部の内偵だ。北原警視正、あなたがそちらの副島代議士と組んで私腹を肥《こ》やしていたことは、随分前から警察庁に目を付けられていたんですよ。気づきませんでしたか」

「なに……っ」

RETIRED
SPECIAL AGENT
B.I

絶句する北原の両脇《りょうわき》を、スーツの男が捕らえる。続いて同じく顔色を失う副島の両脇を男たちが捕らえ、二人は座敷から引き立てられていった。

「おいっ！　離せ！　離さんか！」

「私を誰だと思っている！」

北原と副島が騒ぐ声が次第に遠ざかっていく。それを呆然として聞いていた田崎は、両肩を摑まれたことにはっとし、

『大丈夫か？』

と問いかけてきたジェイクを見返した。

『身分を偽《いつわ》っていて悪かった』

心底申し訳なさそうな顔で詫びてきたジェイクが英語を話していることに気づいたとき、それまで忘れていた怒りが田崎の胸に急速に沸《わ》き起こってきた。

「偽っていたのは身分だけじゃないだろう」

日本語で吐き捨てた田崎の頰が痛む。顔を歪めた彼を見てジェイクは、

『冷やそう』

と田崎の肩を抱き歩き出そうとしたのだが、田崎はその手を払いのけると、キッと彼を睨んだ。

「親切ごかしはもうたくさんだ。逮捕《たいほ》するならすればいい。私も彼らの仲間だからな」

『君を逮捕する予定はない。安心してくれ』

　田崎は日本語で喋っているが、ジェイクはあくまでも英語を通そうとしている。その意図はわからなかったが、彼に対する怒りの焔は治まることなく田崎の胸の中で燃えさかっていた。

「なぜだ？　私が彼らの仲間だと見込んだから近づいたんだろう？　犬をダシに目の見えないふりをして！　なのになぜ逮捕しない？」

『落ち着いてくれ、レイ。激昂するとは君らしくないよ』

「この上なく私らしいよ！」

　わかったようなことを言うな、と田崎が、再び伸びてきたジェイクの腕を払いのける。が、ジェイクは強引に田崎の腕を摑んで身体を引き寄せると、その場で彼を抱き上げた。

「下ろせ！」

『おとなしくしてくれ。事情を説明したいが、それより前に手当がしたい』

「下ろせと言っているんだ！」

　いくら田崎が暴れても、ジェイクの腕は緩まず、彼は田崎を抱いたまま長い廊下を進み、料亭の外に停めてあった車の後部シートに彼を押し込むと、そのまま隣に乗り込んできた。

「出してくれ」

「はい」

　運転席に座っていた若い男が短く答え、車が走り出す。

『大丈夫か？』

相変わらずジェイクは、田崎に対してのみ会話は英語を貫《つらぬ》いていた。わざとらしい、と田崎は心の中で舌打ちし、彼から目を逸らす。

今まで同様の会話をしようとでも言いたいがゆえの英語のつもりか、なんて浅はかな、と苛立《いらだ》ちのままに車窓を流れる景色を見る田崎の背後で、ジェイクの溜め息が聞こえた。

が、田崎に話しかけてくることはなくそのまま沈黙する。そうなると田崎のほうが気になり、ちょうどトンネルにさしかかったためガラス窓に映ることとなったジェイクの顔を窺った。

「…………」

ジェイクは難しい顔をし、じっと前を見つめていた。米国軍人ではなくＦＢＩだったか、と改めて彼の顔を見ようとしたときに車はトンネルを抜け、明るさを取り戻した窓からはジェイクの顔が消えた。

警察庁とＦＢＩが交換留学を行っているという噂《うわさ》は田崎も耳にしたことがあった。が、留学中のＦＢＩ職員に、警視庁幹部の内偵をさせるなどという話は、これまで聞いたことがなかった。

先ほどの話では、北原の悪事は随分前から警察庁に知られていたという。その『悪事』はどこまでが明らかにされているのかと田崎は、再び車窓を流れる風景を見やった。

ジェイクが自分に接触を図ってきたということは、自分も仲間であると見抜かれていると思っていい。果たしてどこまで見抜かれているのか、田崎はそれを気にしていた。

北原と副島にどのような目に遭わされてきたかも知られているのか。屈辱に満ちた日々が警察庁の人間の知るところにあると思うと、耐えられない思いがした。

あの料亭を突き止められたことを思えば、知られている可能性は高い。女将《おかみ》や仲居も北原や副島が逮捕されれば、見聞きしたことを捜査員に話すだろう。

二人の——近藤《こんどう》も加えれば三人だが——男たちに、いいように嬲《なぶ》られていたことが世に知れ渡るとは、と田崎は堪《たま》らず目を閉じ、溜め息を漏らしかけた。が、込み上げるその息を唇を噛んで堪える。ジェイクに聞かれたくないと思ったためだった。

ジェイクはおそらく知っていたのだろう、と田崎は薄く窓ガラスに映る彼のシルエットを見やった。知っているからこそ、抱いたに違いないが、そうなると彼は自分が北原たちに好んで抱かれていたと思っていたわけか。そう気づいたとき田崎は馬鹿な、と憤りかけたが、もうどうでもいいことか、と一瞬にして思い直し苦笑した。

行為の説明がついた、それでいい。もう二度と関わり合いにならない相手だ。どう思われようが知ったことではない——心の中で呟く己の声が田崎の中で巡る。

あたかも自分に言い聞かせているようだな、と気づき、田崎はまたも溜め息をつきかけたが、再び唇を噛んで堪えようとした。

「痛……っ」

腫《は》れた頬に痛みを覚え、息を呑む。と、背後から、

『大丈夫か？』

というジェイクの声が響き、彼の手が田崎の肩に置かれた。

「…………」

田崎は彼の問いには答えず、背を向け続けた。ジェイクはそれ以上問いかけてはこなかったが、彼の手はいつまでも田崎の肩に置かれていた。

温かな感触が肩から全身へと広がっていく、そんな錯覚《さっかく》が田崎を襲う。

被虐《ひぎゃく》の気があると思われているわりには、彼の抱き方は優しかった。ふとそんな考えが頭に浮かび、何を考えているんだか、と自嘲《じちょう》する。

しかし抱いたきっかけは理解したものの、理由についてはやはりわからないままだ、と首を傾げる田崎の目に、ガラス窓に薄く映るジェイクの顔が過《よ》ぎった。

今、彼はじっと田崎のほうを見つめている。表情までは読めなかったが、なぜか田崎は彼が酷く真剣な顔をしているような気がしていた。

香港へ行かせないためだったのか。香港であったという騒ぎを、ジェイクは知っていたのだろうか。王が失脚したという騒ぎを――と、そこまで考えたとき、田崎ははっとし、ジェイクを振り返っていた。

『レイ』

「竜野真紀は？　彼は無事か!?」

それをまず確認せねばならなかったのに、驚きに次ぐ驚きで後回しにしてしまっていたと悔いつつ、田崎はジェイクに縋《すが》った。北原の言うとおり、ジェイクが王の失脚にかかわっているのであれば、当然知っているはずだ、と勢い込んで尋ねた田崎に、ジェイクは戸惑いの視線を向けてきた。

『竜野真紀？　誰だ？』

「…………」

嘘をついているようには見えないジェイクを前に、田崎の口から溜め息が漏れる。

『レイ？』

「……なんでもない……」

そのまま再びジェイクに背を向け、窓の外を見やった田崎に、ジェイクは問いを重ねては来ず、車が目的地に到着するまでの間、車中には沈黙が流れた。

車が停まる頃には、田崎はジェイクの目的地がどこであるかを把握していた。あまりに見覚えのある景色は田崎の自宅の近所のものであり、ジェイクが『着いたよ』と声をかけてきたのは、二匹の犬が待つ彼の自宅の前だったからである。

運転席に乗っていた男が、後部シートの田崎側のドアを開いてくれた。礼を言い、車を降りると、既にすぐ傍で待っていたジェイクが背に腕を回してきた。

『大丈夫か?』

「ああ」

心配そうに問いかけてくる彼に返事をすると、ジェイクは心底ほっとした顔で微笑《ほほえ》んだ。

『ようやく口を利いてくれた』

さあ、行こう、と、田崎の背を促す。彼の目には既に、自分たちをここまで乗せてきた車も、傍に佇む運転手役の男も入っていないようだ、と内心呆れながらも、田崎はジェイクに導かれるまま、家の中へと進んでいった。

二人の姿を見ると、犬舎にいた子犬がキャンキャンと騒ぎ始めた。

『ミミィ、ただいま』

ジェイクは子犬に笑顔を向けたが、犬舎の扉を開くことはせず、田崎を連れて家の中へと進んでいった。

田崎がジェイクに従っているのは、彼から拳銃を返してもらうという目的があったためだった。受け取ったらすぐさま空港へと向かい、香港に発つ。真紀を救いに行くために、と心を決めていた田崎は、家に入るとすぐにジェイクに向かい用件を切り出した。

「拳銃を返してくれ」

『思い出した。竜野真紀というのは君の友人で、北原や副島の罠にはまった麻薬取締官だったね』

「……っ」

田崎の要求を無視してジェイクはそう言うと、車中で知らないふりをしたのは演技だったのか、と目を見開いた田崎の前でポケットから携帯を取り出しすぐにかけ始めた。

『私だ。香港のインターナショナル・コマース・センターで撃たれたという例の王についての情報を集められるだけ集めてくれ。知りたいのは彼に同行していた日本人の所在だ。頼む』

それだけ言い、電話を切ると、その様子を見上げることしかできずにいた田崎に、にっこりと微笑みかけてきた。

『すぐに返事は来ると思う。待っていてくれ』

「返事などいらない。拳銃を返してくれ」

ここで待っていることなどできない、自分の目で真紀の無事を確かめる、と田崎はジェイクに食ってかかったが、ジェイクは悲しげな顔をし首を横に振った。

『君に拳銃の携帯を許した北原は逮捕された。彼の命令は無効となる』

「わかった」

それならもう頼まない、と田崎は飛びだそうとした。が、一瞬早くジェイクの手が伸びてきて、彼の腕を摑んだ。

「離せ」

『落ち着いてくれ、レイ。闇雲《やみくも》に香港へ向かったところで探し人は見つからない。そのくらいのことは優秀な君ならわかるだろう』

ジェイクはそう言うと、田崎を引きずるようにして中へと進み、リビングのソファに座らせた。

『それに君には証言の義務がある。北原や副島がやってきたことのね』

「……っ」

無理矢理座らされた手を振り解いた田崎は、ジェイクのその言葉にはっとし、抵抗を止めた。

積極的に北原や副島の仲間に加わったわけではない。が、彼らの悪事を知りつつ摘発《てきはつ》しなかったという時点で、仲間と認定されても仕方がないことであるという自覚を田崎は持っていた。

予想はしていたが処分が下るということだろう。となると国外に出ることはできない。深い溜め息を漏らし、田崎は再びソファへと座った。ジェイクはそんな彼の肩をぽんと叩くと、

『何より、今はその頬を冷やすことが大切だ』

と微笑み、そのまま奥へと消えていった。

「…………」

はあ、とまたも深い溜め息が、田崎の口から漏れる。両手に顔を埋《うず》める田崎の脳裏に、真紀の顔が浮かんだ。

『田崎』

呼びかける幻の彼の声が耳元で響く。頼む、生きていてくれ、と念じていた田崎は、手の甲に冷たい感触を得、はっとして顔を上げた。

『冷やすといい』

視線の先にはジェイクの微笑んだ顔があった。渡されたタオルで頬を覆う。冷たさが気持ちいい、とタオルを当て直している田崎の横にジェイクは座ると、田崎が問うたわけでもないのに、ぽつぽつと事情を説明し始めた。

『まず、目が見えるようになったあとも、不自由なふりをしたことを謝るよ。君が家の前でドクター姫井に会った日、ようやく包帯が取れた。あの時点で視力はある程度回復していたんだ。それでも命を捨てに行こうとする君を引き留めたくて、つい、見えないふりを続けてしまった』

言い訳がましいが、と自分でそう言いながら、ジェイクが田崎を見る。田崎は彼を見返したが、相槌を打つ気になれなかったので、何も言わずに目を逸らせた。

ジェイクもまた暫し口を閉ざしていたが、やがてまたぽつぽつと話を始めた。

『日本語が喋れないフリをしたのも、君と接触を持つためだ。キティはよく訓練されているから、予定通り君に飛びかかり、僕たちの出会いのきっかけをつくってくれた。すべて計画された出会いだったが、それでも成功するか否かは半々だと思っていたよ。見も知らない外国人が困っていたとしても、手を差し伸べない人間はいくらでもいるからね』

「…………」

確かに、と田崎は心の中で頷いた。早朝の散歩を引き受ける自分自身に驚いたくらいだが、断れない何かがジェイクにはあったのだ、と出会った朝のことを思い返す。

介護犬《かいごけん》でもあるキティが飛びかかってきた時点で疑うべきだった。まったく、どうかしていたと自分に呆れていた田崎に対し、ジェイクの話は続いていった。

『君に近づいたのは勿論、北原や副島の仲間であるという情報を得ていたからだ。が、僕には君が自ら望んで悪事に手を染めるような人間には思えなかった。何か事情がある、そう信じて君の身辺を調査し、友人である竜野真紀の——麻薬取締官の存在に行き当たった』

そこまで言うとジェイクは田崎の目を覗き込み、一言こう尋ねてきた。

『君は彼を救いたかった。だから北原や副島の言うことを聞いていたんだろう?』

「…………」

答えはイエスだったが、田崎の首は縦には振られなかった。実際田崎が北原らに従ったのは、ジェイクの言うとおり真紀を救うためではあったが、それで自分の行為を正当化するような真似はしたくないと——真紀を言い訳に使いたくはないと思ったためだった。

黙り込む田崎のその考えは、だが、ジェイクには言わずとも通じたようだった。

『君はさっきも、竜野真紀の無事をああも気にしていたものね』

そう言い、ぽん、と肩を叩く。田崎は今回も首を縦には振らなかったが、ジェイクはわかっている、というように微笑むと、また話を始めた。

『君のためにも、一刻も早く北原たちの悪事の証拠を摑みたかったが、なかなか思うように裏が取れなくてね……そんな中、君が彼らの命令で香港へと行かされることがわかった。君がなんとしてでも救いたいと願っている竜野真紀を殺させるために……。僕はね、レイ、君は行くまいと思っていたんだ。そんな命令に従うわけはないとね。だが君は香港に行く決意を固めた。だが君が竜野真紀を殺すはずはない。なんのために行くのだと考え、すぐに察した。君は命をかけて彼を救いに行くのだと……』

喋りながら興奮してきたのか、ジェイクが田崎の肩をぎゅっと摑む。その力強さに、熱いほどの体温に、なぜか田崎の胸に熱いものが込み上げてきて彼を戸惑わせた。

『なんとしてでも君を止めねばと思った。いっそのこと君の家を訪れ、拉致《らち》してしまおうかとも考えたよ。まさか君のほうから僕を訪ねてくれるとは思っていなかったからね』

ジェイクはそこまで言うと、少し困ったような顔をして微笑んだ。なぜそのような表情を、と田崎は彼を見返したが、どこかおずおずとした口調で問いかけてきたジェイクの言葉に、内心、あ、と小さく声を漏らしていた。

『なぜ、君は来てくれたんだ？　犬たちのため？　それとも……』

ジェイクの手がぎゅっと田崎の肩を摑み、端正な彼の顔が近づいてくる。

『僕に別れを告げるため？』

「勿論、犬のためだ」

それ以外にない、と言い捨てた田崎の目の前で、ジェイクがまた困ったような顔をして笑う。

『どうしよう。君の言葉が信用できない』

『馬鹿な』

言い捨てた田崎は、自分が英語になっていることに気づき、バツの悪さから言い直した。

「馬鹿なことを言うな」

『僕はね、レイ、毎朝君と過ごす散歩の時間に、心の安らぎを感じていた。軽口を叩き合い、我《わ》が儘《まま》な子犬に振り回されていただけの時間だったが、ああも楽しい、ああも満ち足りた気持ちになったことは、ここ何年もなかった』

「………………」

ジェイクの目は潤《うる》み、彼の頬にはその言葉どおりの、実に満ち足りた笑みが刻《きざ》まれていた。彼のそんな表情を見る田崎の胸がますます熱く滾《たぎ》ってくる。

『君も同じように思ってくれているといい……僕は今、そう願っているよ。君にとっても僕とのあの時間は、かけがえのないものだったのだと……だからこそ君は、命を捨てる覚悟を決めたその足で僕の許を訪れてくれたのだと……』

ジェイクの手が動き、田崎の手を握り締める。あまりに熱いその感触を得た途端、酷く堪らない気持ちになり、田崎は彼の手を振り払い、叫《さけ》んでいた。

『違う！　ただの責任感だ！　私にとって朝の散歩にそれ以上の意味はない！』

またも言語が英語になってしまっていると気づき、田崎は改めて日本語で言い捨てようとしたのだが、それはかなわなかった。ジェイクの腕が伸び、田崎をその胸にしっかりと抱き込んでしまったためである。

『よせ……っ』

きつく抱き締められ、息が止まりそうになる。が、それはジェイクの腕力のためではなく、田崎の胸の鼓動がこれ以上ないほどに高鳴り、息苦しさを覚えたためだった。

『ようやく目が見えるようになったその直後、門の前に佇む君を見たとき、嬉しさのあまり心臓が止まりそうになった。絶対に君を離してはいけない、そう思ったよ。運命を感じたと言ってもいい』

『戯《ざ》れ言《ごと》はいい。離すんだ』

熱に浮かれたような口調でジェイクは田崎の耳に熱く囁き続ける。耳朶《じだ》に彼の息がかかるたびに田崎の中で堪らない気持ちは増していった。その『堪らない気持ち』がなんなのか、次第に田崎自身も自覚せざるを得なくなってくる。が、自覚すればするほど、認めたくないという思いが募《つの》り、田崎は乱暴にジェイクの胸を押しやりその腕から逃れ出た。

『君は素直じゃない』

ジェイクが苦笑し、再び田崎を抱き寄せようとする。

『だから戯れ言はよせと……』

田崎も再びジェイクの手を逃れようとしたが、そのときにはもう彼に押し倒されていた。

『退け』

強引に覆い被さり、唇を塞ごうとするジェイクから顔を背ける田崎の耳に、笑いを含んだジェイクの声が響く。

『イヤだ』

『ふざけるな』

強引にキスを落としてくるジェイクを田崎が睨む。と、ジェイクは、

『仕方ないだろう』

とわざとらしく眉を上げてみせ、田崎の言う『戯れ言』を口にした。

『素直じゃない言葉ばかり告げる唇は塞いでしまわないと』

『ば……っ』

馬鹿を言うな、と最後まで言わせずジェイクが田崎の唇を唇で塞いでくる。身体を押しやろうとする両手はいつの間にかジェイクの手にしっかりと押さえつけられていた。

顔を背けようにも、ジェイクの唇は田崎の動きをきっちりと予測して動き、貪《むさぼ》るように田崎の唇を塞いでくる。それでも顔を背けようとしながら田崎は、己の抵抗が実に表面的なものだと最早自覚していた。

確かにジェイクに両手を捕らわれてはいる。が、本当に彼に押し倒され、唇を奪われていることの状況が耐え難くあるのなら、たとえば膝で彼の腹を蹴り上げるなど抵抗する術はいくらでもある。それをせずこうしてジェイクのキスを顔を背けつつも受け止めているのはおそらく、彼との

キスが耐え難くないものだと——更に言えば、田崎自身もまたジェイクとのキスを求めている、その表れに他ならなかった。

朝のほんの短い間、共に過ごした時間をかけがえのないものに感じていたというジェイクの告白に耳を傾けている間、自身の胸が熱く滾るのを感じた、それはジェイクの言葉を嬉しく思ったためともう一つ、自分もまた同じ思いを抱いていた、そのためだった。

ただ、騙されていたのが悔しいだけだ——いつしか田崎は顔を背けることをやめ、それこそ『素直』にジェイクの唇を受け止めていた。唇の間から挿入されてきた舌に己の舌を絡め、互いの口内を侵し合うような激しいくちづけが続く。

田崎が抵抗をやめたことをすぐ、ジェイクも察したようで、腕を捕らえていた手を離し、その手で田崎が来ていたトレーニングウエアを捲《まく》り上げた。

「や……っ」

露わにした乳首を指先できゅ、きゅ、と強く抓《つね》り上げ、続いて親指の腹で肌に練り込むように擦り上げる。そのたびに田崎の身体はびくびくと反応し、腰が捩れた。

『…………』

察したジェイクが唇を合わせたまま、左手を田崎の腰に回し、下着ごとトレーニングウエアをずり下げる。その手はそのまま田崎の尻を摑み、指先を割れ目へとめり込ませてきた。

「……な……っ……」

ジェイクの指が蕾《つぼみ》をなぞり、やがて指先が中へと挿《はい》ってくる。一瞬乾《かわ》いた痛みを覚えたものの、ゆっくりと中をかきまわされるうちに、じんわりとした熱がそこにこもり始めた。

その間もくちづけは続いており、きつく舌を吸い上げられる。乳首への丹念《たんねん》な愛撫《あいぶ》もまた継続中で、田崎の息を上げていく。速まる呼吸はくちづけに阻《はば》まれ、息苦しさが増す。それがまた欲情を煽る一助となり、田崎の身体を急速に熱していった。

「ん……っ……んん……っ……」

胸を、後ろを弄られ、昂まっていく自分の身体に、相変わらず田崎は戸惑いを覚えていたものの、奥底から込み上げてくる熱に次第に翻弄されていった。ジェイクの指が早くも探り当てた前立腺を二本に増やした指で間断なく弄られ、ぞわぞわとした感覚が腰から這い上ってくる。同時に乳首を痛いほどの力で抓られ、電流のような刺激が背筋を駆け抜ける。

「やっ……ぁっ……」

堪えきれない声が田崎の唇から漏れる、その声をも受け止めようとするかのように、ジェイクの唇は田崎の唇を塞ぎ続けた。息継ぐ暇もないほどのくちづけを交わす田崎の身体はすっかり汗《あせ》ばみ、鼓動が早鐘《はやがね》のように打ち続ける。直接触れられてもいないのに彼の雄は勃起し、先端からは先走りの液が零れ落ちていた。

「う……っ……」

後ろを抉《えぐ》る指が三本に増え、乱暴に田崎の中をかき回す。後ろで感じるという感覚が未だ田崎にとっては理解の範疇外《はんちゅうがい》にあるため、自分がその状態に陥っている自覚がなかった。ジェイクの指の刺激を求め、内壁が激しく蠢《うごめ》くことで生まれる、もどかしいような感覚が彼の腰を捩らせる。

無意識のうちに田崎は勃ちきった前をジェイクの腰にすり寄せていた。雄にも刺激を求めての動きをジェイクはすぐに察し、わかったとばかりに頷くと田崎の唇を解放する。

「あっ」

キスを中断したジェイクはそのまま身体をずり下げると、田崎の下肢に顔を埋め雄を口へと含んだ。昂まりまくっていたところに受けた強すぎる刺激に、田崎の口から高い声が漏れ、瞬時彼を我に返らせる。

はっとし唇を噛んだ田崎だが、すぐに噛み締めた唇は解けた。ジェイクが指で後ろを責めながら、巧みな口淫を彼に施し始めたからである。

「やめ……っ……あっ……あぁっ……」

丹念な愛撫でじんわりと熱していた身体は今や、火傷《やけど》しそうなほどの熱に覆われていた。ジェイクの舌が田崎の竿を下り、上り、辿り着いた先端の穴をぐりぐりと舌先で抉る。再び彼の唇がすっぽりと雄を覆い、すぼめた唇に竿を刺激され、堪らず喘ぐと、またその唇は竿を上り、亀頭のくびれた部分を舐られる。

「やっ……あっ……あぁっ……」

後ろに入れられた指は相変わらず活発に動いていた。もう片方の手で田崎の陰嚢《いんのう》を揉《も》みしだき、雄を唇で、舌で責め続ける。前を、後ろを延々と舐られ、弄られ続けるうちに、田崎はすっかり昂まり、絶え間ない快楽に意識も朦朧としてきてしまっていた。

「もうっ……あっ……あぁっ……」

理性が失われつつあるため堪えることができず、感じるがままに喘ぐ田崎の声が室内に響き渡る。切羽詰《せっぱつ》まったその声音から、限界が近いことを察したらしいジェイクが口から田崎の雄を出し、指も後ろから引き抜いた。

「や……っ」

堪らず捩った腰を押さえ込むように、ジェイクの両手が田崎の両脚を抱え上げる。高く腰を上げさせられ、酷くひくついていた後孔が露わになる。自身の身体とは思えぬ反応に田崎は瞬時戸惑いを覚えたが、その戸惑いはジェイクがいつの間に取り出したのか、逞しい雄の先端を押し当ててきたとき更に増すこととなった。

「な……っ」

先端がめりこむにつれ、内壁のざわめきは増し、ジェイクの太い雄を奥へと導こうとする。自分の身体が彼の突き上げを求めていることが田崎に少なからぬショックを呼び起こした。

そんな馬鹿な、と思わず目を上げジェイクを見る。と、ジェイクは、大丈夫、というように頷くと、やにわに田崎の両脚を抱え直し、一気に貫いてきた。

「あーっ」

逞しい雄が奥まで突き立てられたあとに、激しい律動が始まる。互いの下肢がぶつかり合うときにパンパンと高い音が立つほど勢いよく腰を打ち付けられ、田崎は戸惑いを覚える余裕がないほど一気に昂まっていった。

「あっ……あぁっ……あっ……あっ……」

太い雄が抜き差しされるたびに内壁が摩擦熱で焼かれ、その熱が身体全体へと広がってゆく。全身から汗が噴《ふ》き出し、吐く息も熱く、脳まで沸騰するような熱さに見舞われていた田崎は、その熱を発散させる術を持たず、ただただ高く喘ぎ続けた。

「あぁっ……もう……っ……もう……っ……おかしく……なる……っ」

このまま絶頂が続けば、自分の身体がどうなってしまうのかわからない、と田崎は軽い恐怖すら覚えていた。霞む意識の中、この熱から解放されるには達すればいいのだと気づき、己の雄へと手を伸ばす。

「あっ」

田崎の手が触れるより前に、ジェイクが彼の雄を摑み、にっこりと笑いかけてきた。

『一緒にいこう』

激しい律動はそのままにジェイクはそう告げると、田崎の返事を待たず一気に雄を扱き上げた。

「あーっ」

直接的な刺激に耐えられず田崎は高く声を上げて達し、白濁した液をジェイクの手の中に迸らせた。

「くっ」

言葉どおり、ジェイクも達したようで、低く声を漏らし、田崎の上で伸び上がるような姿勢になる。

「……ぁ……っ」

ずしりとした精液の重さを中に感じた田崎の口から、小さく声が漏れる。整わない息の下、漏らしたその声はジェイクの耳に届いたようで、視線が真っ直ぐに田崎に下りてきた。

『大丈夫……?』

問いかけてきながら、ジェイクがゆっくりと田崎に覆い被さってくる。

『……ああ……』

頷いた田崎に、既に焦点《しょうてん》が合わないほど顔を近づけていたジェイクはにっこりと、それは愛《いと》しげに微笑むと、ついばむようなキスを田崎の額に、頬に、唇に落とし始めた。

「………」

彼の唇の感触を得るたび、田崎の胸の中に熱い何かが込み上げてくる。堪らず目を閉じた田崎の耳に、ジェイクの掠れた声が響いた。

『好きだ。レイ』

「………」

その言葉を聞いた途端、胸に宿る『何か』の熱が増し、喉の奥にも熱いものが込み上げてくる。その『何か』が嗚咽であることは既に田崎にはわかっていたが、どうしても認めることはできず、ぎゅっと瞳を閉じ、唇を噛み締めると、込み上げる涙を、漏れる声を必死で抑え込んだ。

『好きだ……』

そんな田崎にジェイクは愛の言葉を囁《ささや》き続け、熱い唇を落とし続ける。ますます涙腺を刺激されるその囁きに、くちづけに、田崎はただ目を閉じ、唇を噛み締めて涙を堪え通した。

行為のあと、ジェイクは田崎にシャワーを浴びるよう勧めた。

案内してくれたジェイクに、田崎は日本語で礼を言い、彼の用意してくれたタオルなどを受け取って浴室に入った。

「どうも」

手早くシャワーを浴び、洗面所にあった櫛《くし》を使い髪を整える。おそらくこのあとジェイクは自分を警察庁に連れて行くのだろうと田崎は踏んでいた。

彼の任務は警視庁内の悪の芽を摘むことであり、今回の対象は北原だった。彼の仲間である自分も処分されるのは当然である。

わからないのはなぜ、彼が自分を一旦《いったん》この家に連れてきたかだが、と、腫れが治まってきた頬を押さえつつ、鏡の中の自分の顔を見ていた田崎の耳に、先ほど聞いたばかりのジェイクの告白が蘇った。

『好きだ。レイ……』

「………」

最後に抱くためだったのかもしれない、と田崎は考え、馬鹿な、とその考えを笑って否定する。ＦＢＩから交換留学でやってきた男が、そうもセンチメンタルなことを考えるはずがないと思ったためだが、ふと、自分はその『センチメンタル』から彼に抱かれたのかもしれないと考え、また苦笑した。

ジェイクに対する感情がなんであるか、その答えは敢《あ》えて出していない。が、彼と過ごした時間は田崎にとって、なんらかの意味を持つものだった。

酷く心が安らぐ時を共に過ごした彼とはもう二度と会うこともないだろう。ジェイクが任務を果たせば、自分は懲戒免職《ちょうかいめんしょく》となるばかりでなく、逮捕されることになろうからだ。

今までのキャリアは泥《どろ》に塗れ、後ろ指を指される未来が待っていることに対し、田崎はあまり悲観的な思いを抱いてはいなかった。唯一、両親に対し申し訳なさを覚えるくらいで、己の犯してきた罪を晒されるのも、それを償《つぐな》う必要があるのも当然だと考えていた。

田崎がこうも達観しているのは、ジェイクが既に真紀の存在を知っていたことが大きかった。

ジェイクが知っているとはすなわち、警察庁が認識しているということである。

罪もない麻薬取締官の命が危険に晒されているのだ。きっと彼らは香港に出向き、真紀を助け出してくれるだろうと、田崎はそう確信していた。

自分が助けずともいい。真紀の命が無事であれば、それで田崎は満足だった。帰国した彼は自分の逮捕を知れば、裏切られたと思い、恨《うら》みを抱くことにもなるかもしれないが、それでも別に構わないと――彼が無事であればそれでいいと、田崎は心から思うことができた。

おそらく大丈夫だとは思うが、それだけはジェイクに確認を取ろう、と鏡の中の自分に向かって頷くと、田崎は洗面所に用意されていたバスローブに袖を通し、ジェイクがいるであろうリビングへと向かった。

人の話し声がする、と思いつつ階段を下りる。と、田崎に向かい、キャンキャンと子犬が駆け寄ってきた。

「ミミィ……」

足下にまとわりつく彼の鳴き声で、田崎が下りてきたのがわかったのか、リビングからジェイクがやってくる。彼の肩越しにひょいと顔を覗かせた男を見て、田崎の口から戸惑いの声が漏れた。

「あ」

「よお、邪魔してるぜ」

田崎に向かい片手を上げて寄越したのは、姫井という名の医師だった。

『レイ、何か飲むかい？』

リビングに誘いながら、ジェイクが田崎に尋ねる。と、横から姫井がむっとした様子でジェイクに声をかけた。

「おい、英語はよせ。俺がわからねえ」

「え」

この外見で英語が喋れないとは、と驚いた田崎を姫井がじろりと睨む。

「なんだよ」

「絡むのはやめてくれ、ドクター。それよりレイにさっきの話をしてやってくれよ」

その姫井を止めたのは、綺麗な発音で日本語を操るジェイクだった。さあ、と二人をリビングへと招き、キャンキャンと吠えながらあとに続こうとした子犬を抱き上げる。

「ミミィ、これから大事な話があるんだ。キティのところで静かにしていてくれ」

そう言い、子犬を母犬の許へと連れていく。母犬はジェイクに向かい、わかった、とばかりに、傍に下ろされた子犬を「ワン」と吠えて黙らせた。

田崎はその様子を見るとはなしに見ていたのだが、振り返ったジェイクが、

「さて」

と笑顔を向けてきたのに、はっと我に返り視線を彼から外した。明るい笑顔を見た瞬間、どき

りとしてしまったためである。

「二人とも座ってくれ。飲み物は？　ビールでいいか？」

「ああ」

「………………」

ジェイクの問いかけに姫井は頷いたが、田崎は答えずにいた。喉は渇いていたが、ビールを飲む気にはなれなかったからなのだが、ジェイクは自分の分と二人の分、合計三缶《かん》のビールを冷蔵庫から運び、皆が囲むセンターテーブルへと置いた。

「乾杯しよう」

言うより前に手に取っていた姫井と、手を出す素振りを見せない田崎にジェイクは笑いかけ、一缶をテーブルから取り上げてプルトップを上げる。

「はい」

開けた缶を田崎の前に置くと彼はもう一缶のプルトップを上げ、その缶を掲げてみせた。

「乾杯《かんぱい》」

「何に乾杯してんだか」

唱和《しょうわ》する者は誰もおらず、呆れた声を上げた姫井が茶々を入れながらビールを一気に呷《あお》る。そういえば彼は何か話があるのでは、と田崎が見つめると、視線に気づいた姫井が、ああ、と話すべきことを思い出した顔になった。

「あんたが気にしてる竜野真紀、無事だよ」

「なに⁉」

唐突に告げられた内容は、田崎にとって何より知りたいものではあったが、それをこの一見外国人でありながら日本語しか解さないという謎《なぞ》の医師から告げられるとは思わず、田崎は驚きの声を上げた。が、一瞬にして我に返ると、思わず姫井を問い詰めていた。

「それは本当か？　なぜわかる？」

「人を疑うのかよ」

姫井はあからさまにむっとした顔になったが、横からジェイクが「ドクター」と声をかけると、仕方ない、というように肩を竦め、田崎を睨みながらもなぜそれを知り得たかを教えてくれた。

「早乙女に確認を取った。王の命も無事だそうだ。竜野真紀は王と一緒に香港にいるってよ」

「なんだって⁉　そんな馬鹿な！」

いきなり出てきた『早乙女』の名にまず驚き、続いて真紀が王と一緒にいるという話に驚いた田崎が漏らした言葉に、姫井はまたもむっとした顔になった。

「馬鹿じゃねえよ。事実だ。香港に竜野真紀を助けにいった早乙女から聞いたんだからよ」

「レイ、ドクターは早乙女文人の友人なんだよ。彼の情報に間違いはない」

ジェイクがまた横からフォローを入れてくる。それを聞き田崎は、ますます信じられない、と彼らしくなく興奮し大声を上げた。

「助けに行ったのならなぜ連れ帰ってこない？　なぜ王の許に残してきた？　助けに行った意味がないじゃないか」

「本人が残るって言ったんだってよ」

興奮する田崎に対し、姫井が面倒くさそうに答えを返す。それを聞き田崎は更に激昂し彼に食ってかかった。

「そんな馬鹿な！　なぜ真紀が？　彼は王に拉致監禁《らちかんきん》されているんじゃないのか？」

「知らねえよ、そんなことは」

俺が知るわけないだろう、と姫井が田崎の手を振り払う。

「……そんな……」

馬鹿な、と繰り返す田崎があまりに呆然としていたからか、姫井は冷たく突き放したことを後悔したかのように肩を竦め言葉を足した。

「監禁されてるうちに愛が芽生えたんじゃないの？」

「…………」

そんな馬鹿な、と田崎は姫井を睨んだが、実際真紀が自ら選んで王の許に残ったという事実が田崎を打ちのめしていた。

「……そんな……」

目を伏せ、呟くしかなかった田崎の肩を、ジェイクがぽん、と叩く。

「ともかく、竜野真紀は無事だとわかった。よかったじゃないか」

「………」

確かにその通りではあるが、しかし、と田崎は今度はジェイクに向かい口を開きかけたが、やはり言葉にはできずに俯いた。目を伏せた彼を挟み、ジェイクと姫井の間で会話が始まる。

「ドクター、早乙女文人の許には、竜野真紀の弟がいるんだろう?」

「ああ、事務所のアイドルだ。友紀《ゆき》ちゃん友紀ちゃんって可愛がられてるよ」

「………」

竜野友紀の名が出たことに田崎ははっとしたものの、真紀が香港に残ったという衝撃から未だに立ち直れずにいたため、会話に入ることはなかったのだが、続くジェイクの言葉を聞き、さすがに顔を上げた。

「彼に伝えてもらえないかな。レイは竜野真紀を裏切ったわけではない。レイもまた命をかけて君のお兄さんを救おうとしていたんだと」

「余計なことだ」

何を言い出したのだ、と田崎はジェイクを睨んだ。

「誤解されたままでいるのはよくないよ」

ジェイクは田崎の睨みなど応《こた》えないとばかりに、にっこりと微笑み返してくる。

「別にかまわない」

「話したほうがいい」

「余計だと言っているんだ」

「おい、どっちなんだよ。伝えるのか、伝えないのか」

口論を始めたジェイクと田崎に、面倒くさそうに姫井が声をかけてくる。

「伝えなくていい」

「伝えてくれ」

田崎とジェイク、それぞれがそう言うのに、姫井はますます面倒くさそうな顔になったあと、

「気が向いたら伝えるわ」

と言い、席を立った。

「それじゃ、俺の役目は終わったから」

立ったままビールを一気に飲み干した姫井が、空になった缶をぐしゃりと潰し、テーブルの上に投げる。

「色々ありがとう」

「本当だぜ。電話一本でよびつけやがってよ」

ジェイクもまた立ち上がり、玄関へと向かう姫井を送りに行った。田崎一人部屋に残り、呆然とテーブルに放られた缶を見やる。

「それから、まだサングラスはかけておけよ。せっかく取り戻した視力だ」

「ああ、わかった。忙しいところ悪かったね」

「思ってもいないくせに」

二人が話す合間合間に、姫井との別れを惜しんでいるのか、キャンキャンと子犬が鳴く声が玄関先から響いてくる。その声は勿論田崎の耳にも届いており、ジェイクが姫井から手術を受けたのは本当だったのか、などとぼんやりと考えてもいたのだが、彼の意識の中心はやはり、真紀が自ら選んで香港に残ったという事実だった。

一体彼の身に何が起こったというのだろう――一人考えていた田崎の耳に、ジェイクや犬たちに見送られ姫井が出て行く気配が伝わってきたが、彼が席を立つことはなかった。

『大丈夫か？』

ジェイクはすぐに戻ってきたが、彼の腕には子犬が抱かれていた。おとなしくしていることがもう限界だったようで、キャンキャンと楽しげに吠えてはジェイクの顔を舐めている。

「…………ああ……」

頷いた田崎の横にジェイクは犬を抱いたまま腰を下ろすと、ほら、というように子犬を田崎に差し出してきた。

「……？」

なんだ、と訝《いぶか》りながらも田崎が犬を受け取る。と、今度子犬は田崎の腕の中でキャンキャンと楽しげに鳴き、彼の顔をぺろぺろと舐めた。

「…………」

一体彼は何をしたいんだか、と田崎は暴れる子犬を抱きながら、ジェイクを見る。

『散歩に行きたいとゴネている。これから出られるかい？』

と、ジェイクはそう言い、『なんだって？』と呆れて問いかけた田崎の腕から子犬を抱き取った。

『身体がキツいのなら、僕一人で行ってくるが』

どうかな、と微笑みかけてくるジェイクに田崎は、どういうつもりだ、という思いを込め声をかけた。

『早く警察庁に出向いたほうがいいと思うが』

『警察庁？　なぜ？』

ジェイクが心底意外そうに問い返してくる。意外なのはこっちだ、と田崎は苛立ちを覚えつつ出向く目的を彼に告げた。

『私も逮捕されるのだろう？』

『ああ』

田崎の言葉を聞き、ジェイクは、そういうことか、というように笑ったあと、キャンキャンと騒ぐ子犬を抱き直し、肩を竦めた。

『君についての処分はないはずだよ。君は僕の協力要請を受け、北原に近づいたことになっているからね』

『なんだって⁉』

何をわけのわからないことを、と思わず高い声を上げた田崎に対し、ジェイクは子犬を押しつけるようにして手渡すと、空いた手で田崎の両肩を掴んだ。

『君の協力には警察庁の面々も非常に感謝している。おそらく今回の功績から君は、次のＦＢＩとの交換留学のメンバーに選ばれるだろう』

『……どういうことだ？』

眉を顰め問いかける田崎の腕の中では、子犬がキャンキャンと騒ぎ、彼の顔を舐めまくる。ジェイクはそんな子犬に『ミミィ、おとなしくしてるんだ』と声をかけると、改めて田崎の肩を掴み、彼の目を覗き込むようにして訴えかけてきた。

『今回の任務を終えたら僕はアメリカに戻る予定だからね。それで君を次の留学生に推薦《すいせん》したんだ。どうだろう、レイ、僕と一緒にアメリカに行かないか？　当分日本を離れるのは、君にとってもいいことじゃないかと思うんだ』

「…………」

熱烈な誘いの言葉を告げるジェイクの瞳を見返す田崎の胸に、先ほど芽生えたのと同じ熱い思いが広がっていく。

ＦＢＩへの交換留学は自分のキャリアにとってもプラスになる上、北原や副島の逮捕の余波を避けるためにも、日本を離れるのはいいことだという考えもある。

だがそれ以上に田崎の心を動かしたのは、少し潤んだように見えるジェイクの青い瞳だった。

『レイ、アメリカに一緒に行こう。そうだ、向こうで犬を飼うのはどうだい？　キティやミミィのような、黒のラブラドールの親子がいいな』

それがいい、とジェイクが笑い、田崎の肩を掴む手に力を込めてくる。

『君が守りたかった竜野真紀はもう、自分の足で歩いている。今度は君が自分の幸せを掴む番だ』

『………』

そんな簡単に気持ちの切り替えができるわけがないだろう――悪態《あくたい》をつきかけた田崎の肩を、ジェイクが一段と強い力で摑む。

『アメリカできっと僕らは楽しい毎日を送れると思う』

だから一緒に行こう、と微笑むジェイクに、馬鹿な、と田崎は首を横に振る。だが彼の脳裏にはそのとき、それぞれに犬を引きながら川辺を歩くジェイクと自分の姿が浮かんでいた。

エピローグ

夢を見た。高校時代の夢だ。友人が亡くなったという知らせを担任から受けた、その日の帰り道の夢だった。

私たちは無言で歩いていた。隣を歩く真紀が、込み上げる涙を何度も何度も拭《ぬぐ》い、嗚咽を堪えているのが痛々しかった。

『……ごめん……』

見かねてハンカチを差し出すと、真紀は受け取りそれで目を拭った。ぼそりと謝った彼に私は『いや』と答え、二人はそのあとまた無言になった。

真紀と私の家は近かった。この角でそれぞれ行く道は別れる、というところで真紀は立ち止まり、いつしか握り締めていた私のハンカチを見、続いて私を見た。

『……洗って返すから』

そう言いながらも彼の大きな目に、涙が溜まってくる。このまま一人、家に帰る彼を案じ、私はつい問いかけていた。

『大丈夫か』

『…………』

真紀の瞳にまた大粒《おおつぶ》の涙が溢れる。大丈夫なわけがない――そう思った私は彼に、

『もう少し、一緒にいようか』

と申し出たのだった。

『…………』

僕の言葉を聞き、真紀の瞳にはまた涙が溢れ、はらはらと頬を伝って流れ落ちた。

『ありがとう』

私のハンカチでその涙を拭った彼と共に私は、彼の家の方向へと歩き出そうとした。礼を言ったということは、自分の申し出を彼が受けたということだと思ったからなのだが、そのとき彼の足が止まり、私に向かって無理に作った笑顔を向けてきたのだった。

『大丈夫だよ。そろそろ友紀が帰ってくるし、ご飯、作らないと……』

その言葉を聞いた瞬間、私はなんともいえない衝撃を覚えた。

こうも悲しみに暮れているというのに、彼はいつものように弟の世話を焼こうとしているのだ。私が認識している以上に彼の精神力は強いのかもしれないと思うと同時に、何より守りたいと思う弟の存在が彼の精神力を強くしているのかもしれないとも考えた。

『それじゃあ……』

泣きながらもにっこりと笑い、真紀が自分の家の方向へと歩き出す。夕闇の中、遠ざかってい

く彼の背中は、ピンと背筋が伸びていた。

あたかも庇護《ひご》の手など必要ないと言いたげな凜々《りり》しい彼の背を、やるせない想いを胸に私はじっと——見えなくなるまでじっと、その場に佇み見つめていた。

あとがき

はじめまして&こんにちは。愁堂《しゅうどう》れなです。

このたびは十冊目のラヴァーズ文庫となりました『花《はな》の破片《かけら》』をお手に取ってくださり、どうもありがとうございました。

こちらは『新宿退屈男《しんじゅくたいくつおとこ》』シリーズのスピンオフとなります。裏切り者？　の田崎《たさき》の秘密が明かされる本作を、皆様が少しでも楽しんでくださいましたら、これほど嬉しいことはありません。

奈良千春《ならちはる》先生、今回も素晴らしいイラストを本当にどうもありがとうございました！　ジェイク、めちゃめちゃかっこいいです（勿論田崎も）！

また、今回タイトルを考えてくださった（すみません・汗）担当のT井様をはじめ、本書発行に携わってくださいましたすべての皆様に、この場をお借りいたしまして心より御礼申し上げます。

『退屈男』は本編を来年、発行していただける予定です。よろしかったらどうぞお手に取ってみてくださいね。

また皆様にお目にかかれますことを、切にお祈りしています。

二〇一〇年六月吉日

愁堂れな

（公式サイト『シャインズ』http://www.r-shuhdoh.com/）

Lovers Label

花の破片

ラヴァーズ文庫をお買い上げいただきありがとうございます。
この作品を読んでのご意見・ご感想をお聞かせください。
あて先は下記の通りです。

〒102−0072
東京都千代田区飯田橋2-7-3
(株)竹書房　第五編集部
愁堂れな先生係
奈良千春先生係

2010年7月31日
初版第1刷発行

●著　者
愁堂れな ©RENA SHUHDOH
●イラスト
奈良千春 ©CHIHARU NARA

●発行者　牧村康正
●発行所　株式会社　竹書房
〒102−0072
東京都千代田区飯田橋2-7-3
電話　03(3264)1576(代表)
　　　03(3234)6245(編集部)
振替　00170-2-179210
●ホームページ
http://www.takeshobo.co.jp

●印刷所　株式会社テンプリント
●本文デザイン　Creative·Sano·Japan

落丁・乱丁の場合は当社にてお取りかえいたします。
定価はカバーに表示してあります。
Printed in Japan

ISBN 978-4-8124-4257-9　C 0193